徳 間 文 庫

潜入刑事

覆 面 捜 査

南　英男

徳 間 書 店

目次

第一章　戦慄の混合麻薬《ドラッグカクテル》

1

猛烈に寒い。

指先はかじかんで、動きが鈍《にぶ》かった。体の芯《しん》まで凍《こご》えそうだ。粉雪《こなゆき》が降りしきっている。路面はうっすらと白い。

久世隼人《くぜはやと》は焦茶《こげちゃ》のレザージャケットの襟《えり》を立て、歌舞伎町《かぶきちょう》の裏通りを歩いていた。

二月中旬の夜だ。十時を回っていた。不夜城と呼ばれる新宿の歓楽街も、さすがに人影は疎《まば》らだった。

久世は野良犬のようにうろつきながら、目で不良外国人たちの姿を探していた。

三十七歳の彼は、警視庁組織犯罪対策部第二課の潜入捜査官《アンダーカバー・コップ》だ。第二課は、日本にいる外国人が起こした殺人・強盗などの凶悪事件の捜査を担《にな》っている。職階は警部で、単独捜査を認められている唯一の特捜刑事だった。

久世は去年の夏まで本庁特殊急襲部隊『S　A　T』《スペシャル・アサルト・チーム》の教官を務《つと》めていた。

同部隊の略称は『SAT』《サット》で計十チーム、総勢約二百人で構成されている。部隊が設《もう》けられているのは、警視庁、北海道警、大阪府警、千葉、神奈川、愛知、福岡、沖縄各県警の八カ所だ。

どのチームも、それぞれ機動隊に所属している。隊員たちは要人誘拐、無差別テロ、ハイジャックなど凶悪な事件の犯人制圧や人質救出に当たっているわけだ。

警視庁には、三チームが設置されている。各隊のメンバーは二十人である。いずれも、既存の特殊部隊から選ばれた精鋭揃《ぞろ》いだ。柔道、剣道、空手、少林寺拳法などの高段者が目立つ。

久世は本庁レンジャー小隊から二十四歳で『SAT』《サット》入りして、三十三歳まで現役隊員として活躍していた。手がけた事件は数多い。その後は教官として、後輩たちの育成にいそしんだ。

『SAT』《サット》の入隊年齢は満二十五歳以下と定められ、最低五年は在籍することを義務づけられている。特殊任務には、常に危険が伴《ともな》う。そのため、入隊時には独身者しか隊員になれない。

隊員たちは千五百メートルを五分以内で走り、平均で懸垂《けんすい》四十回、腹筋千二十六回をこなす。体力だけではなく、知力も必要だ。彼らは一様《いちよう》にＩＱが高い。

メンバーは連日、射撃、格闘技、突入訓練、制圧訓練に励んでいる。訓練に使われる車輛《しゃりょう》、飛行機、ヘリコプター、ビル、橋などはすべて実物だ。

駆けながら、拳銃や自動小銃で標的を正確に撃ち抜く。ビルの窓から飛び込んで一回転したのち、的《まと》をシュートする。ロープを使って、隣の建物に移る。高層ビルの屋上から外壁を伝って、地上まで降下する。

そうしたメニューを繰り返し、隊員たちは日々、敏捷性《びんしょうせい》と持久力《じきゅうりょく》を養《やしな》っている。

ライフル射撃については、自衛隊の射撃場で実射訓練を重ねている。警察には、拳銃用の射撃場しかない。

当然のことだが、メンバーは誰も拳銃、自動小銃、短機関銃《サブマシンガン》を自在に使える。また彼らは出動の際《さい》には、暗視双眼鏡、レーザー距離測定器、聴音装置などを装備している。

久世は文武両道で、隊員時代からヤモリという綽名《あだな》で呼ばれていた。

ロッククライミングに秀《ひい》でた彼は、垂直の壁面や橋のアーチ部分も素手《すで》で楽々と登れる。そんな特技を持っていることから、仲間たちにそういうニックネームを付けられたわけだ。

久世は男臭い顔立ちをしているが、堅物の硬派ではない。

酒も女も好きだ。煙草《たばこ》も喫《す》う。善良な弱者には優しいが、抜け目のない犯罪者には非情に接している。時には、違法捜査も辞さない。

前方からイラン人と思われる三十歳前後の男が歩いてきた。口髭《くちひげ》を生やしている。眼光が鋭い。上背《うわぜい》もあった。

「ちょっといいかな」

久世は、相手の行く手に立ちはだかった。

男がたたずみ、挑《いど》むような眼差《まなざ》しを向けてくる。明らかに敵意を含んだ目だった。

「別に、おたくに喧嘩《けんか》を売るつもりはないんだ。イラン出身だね？」

「そう。それが何？」

口髭の男の日本語は幾分《いくぶん》、アクセントがおかしかった。

「フリーライターなんだが、ちょっと取材に協力してほしいんだ」

「あなた、何を知りたい？　わたし、ちょっと急いでるね」

「去年の九月ごろから、歌舞伎町に〝パラダイス〟って新麻薬が出回ってることは知ってるよな？」

「そのドラッグの噂《うわさ》、聞いたことある。タイ製の服《の》む覚醒剤の〝ヤーバー〟に似てる錠剤のことね？」

「そうだよ。成分はアンフェタミンと幻覚剤のＬＳＤなんだ。複数の薬物を混合させたドラッグカクテルってやつだな。〝パラダイス〟の密売人と接触したいと思ってるんだ」

「わたし、真面目《まじめ》なイラン人ね。ペルシャ料理の店でコックやってる。イラン人の男で薬物《ドラッグ》売ってるのは、ほんの少しだけ」

「知り合いで〝パラダイス〟を服《の》んでる奴がひとりぐらいいるんじゃないのか？」

「わたしの友達、誰も悪いことしてない。それ、嘘《うそ》じゃないね」

「そうか。呼びとめて、悪かったな」

久世は笑顔を向けた。口髭の男は憮然《ぶぜん》とした表情でうなずき、足早に歩み去った。

無駄骨を折ってしまった。

久世は、イラン人とは逆方向に歩きだした。

新麻薬の〝パラダイス〟は、首都圏の盛り場で一錠千五百円で密売されている。路上で新麻薬を売り捌《さば》いているのは、日本人の若い失業者や不法滞在の中国人だ。しかし、彼らを背後で操《あやつ》っている組織はまだ警察も把握《はあく》していない。

〝パラダイス〟が出回りはじめて間もなく、首都圏で通り魔的な殺人や傷害事件が続発するようになった。

新麻薬の主成分のアンフェタミンは覚醒剤の一種で、常用者に幻覚や幻聴をもたらす。さらにＬＳＤが混入されているから、幻覚作用はきわめて強い。通りすがりの男女を殺傷した加害者たちは〝パラダイス〟によって、被害妄想に陥《おちい》り、凶行に及んでしまったのだろう。

久世は昨年十一月の上旬、直属の上司である早瀬学《はやせまなぶ》課長に新麻薬の密売ルートを突きとめろと命じられた。彼は〝パラダイス〟がタイ製の錠剤型覚醒剤〝ヤーバー〟に酷似《こくじ》していることから、新宿を根城にしているタイ人マフィアを怪しんだ。

翌日から大久保通りに足繁《あししげ》く通い、タイ人街娼たちに声をかけた。関西の極道を装い、〝パラダイス〟を大量に仕入れたいと餌《えさ》を撒《ま》いてみた。タイ人売春婦たちを管理しているのは、同国人の犯罪組織だ。

数日後、久世の職場に新麻薬の捜査を打ち切れという脅迫電話がかかってきた。

脅迫者は男だった。しかし、ボイス・チェンジャーを使っていた。残念ながら、声から相手の出身国や年齢を推定することはできなかった。

久世は脅しに屈《くっ》しなかった。その後も、歌舞伎町、大久保、百人町《ひゃくにんちょう》で内偵をつづけた。

それから一週間も経《た》たないうちに、恋人の魚住由華《うおずみゆか》が勤め先の翻訳プロダクションの帰りに失踪《しっそう》してしまった。

二十七歳の由華はいわゆる帰国子女で、英語、フランス語、イタリア語を完璧《かんぺき》に話す。そんなことで、職場では最も頼りにされていた。

久世は二年前に友人の結婚披露宴で、由華と知り合った。彼女は新婦の幼馴染《おさななじ》みだった。二人はたまたま同じテーブルについた。

披露宴が終わると、新郎新婦の友人たちが二次会を開くことになった。会場のイタリアン・レストランで、久世は由華と隣り合わせに坐《すわ》った。

それがきっかけで、二人はごく自然に言葉を交わすようになった。由華は父親の海外転勤でロンドンに引っ越すまで、久世の実家のある杉並区久我山《くがやま》の隣町に住んでいた。

共通の話題が二人の距離を急速に縮めた。

由華は知的な美人だが、万事に控え目だった。思い遣《や》りもあり、気立てがよかった。

久世は、そんな彼女に心を奪われた。由華も久世には関心を示した様子だった。

二人はデートを重ね、一年後に互いの熱い想《おも》いを確かめ合った。

久世は口にこそ出したことはなかったが、将来は由華を妻に迎える気でいた。それだけに、由華が行方《ゆくえ》不明になったことはショックだった。

久世は由華の友人、家族、職場の同僚たちに会って、失踪の謎を解《と》こうと試《こころ》みた。周囲の者たちの証言から、由華が何かで悩んでいる気配はうかがえなかった。別の男の影もまったくない。借金もしていなかった。

どう考えても、恋人の失踪と自分の任務は無縁ではなさそうだ。

由華は犯罪者に引っさらわれたにちがいない。彼女の携帯電話は行方がわからなくなった日から、ずっと通話不能になっている。おそらく由華は拉致《らち》されたとき、久世に迷惑が及ぶことを考え、自分の携帯電話をどこかに捨てたのだろう。

久世は、タイ人マフィアを束《たば》ねているスパチャイという四十一歳の男が配下の者に由華を拉致させたと睨《にら》んだ。

スパチャイは元キックボクサーだが、ゲイだった。百人町の賃貸マンションで、十八歳の美少年と同居している。バンコクから呼び寄せたパートナーは女のように美しい。

久世はスパチャイの行動パターンを調べ上げ、ある晩、自宅マンションに押し入った。

違法捜査だった。不法滞在の不良外国人は弱みだらけだ。告訴される心配はないはずである。

スパチャイは寝室で美少年と睦《むつ》み合っていた。どちらも全裸だった。

久世はパトロンの下腹部に顔を埋めていた美少年をクローゼットに閉じ込め、スパチャイを締め上げた。

最初に相手の顎《あご》の関節を外し、ひとしきりのたうち回らせた。その次に久世は二本貫手《ぬきて》で、スパチャイの両眼を突いた。胸板や喉《のど》も圧迫した。

スパチャイは竦《すく》み上がり、涙声で来訪の目的を訊《き》いた。久世は無言で恋人の顔写真を見せた。

意外にも、スパチャイはなんの反応も示さなかった。室内には、ボイス・チェンジャーも新麻薬も隠されていなかった。早とちりだったようだ。

久世はスパチャイに詫《わ》び、すぐに部屋を出た。あくる日から、彼はフリーライターや暴力団関係者に化けて、捜査を続行した。だが、有力な手がかりは何も得られていない。

もう由華は殺害されてしまったのか。最悪な事態を想定するたびに、久世は絶望的な気持ちになった。しかし、恋人の安否《あんぴ》がわかるまで捜査を打ち切る気はない。

自分が〝パラダイス〟のことを探《さぐ》りはじめなければ、由華に魔手が伸びたりしなかったのではないか。愛《いと》しい女に辛《つら》い思いをさせたくはない。刑事になったことを呪《のろ》わずにはいられなかった。

久世はさくら通《どお》りを左に折れ、歌舞伎町一番街に足を向けた。目抜き通りだ。
四、五十メートル進むと、路地から茶髪《ちゃぱつ》の若い男が飛び出してきた。細身だった。二十三、四歳だろう。
なんと男は、この寒空に純白のバスローブを素肌にまとっているきりだった。両足には、草色のスリッパを突っかけている。足の運びが心許《こころもと》ない。酔っ払っているのか。

「そんな恰好《かっこう》じゃ、凍死《とうし》しちまうぞ」

久世は若い男に声をかけた。

「おまえ、無礼だな」

「無礼だって⁉」

「ああ。おれは神なんだ。ひれ伏せ！」

「だいぶ飲んだらしいな。とにかく、建物の中に戻れ。この近くのサウナにいたんだろ？」

「その口の利き方はなんだっ。神に逆《さか》らう気なのかっ」

男の呂律《ろれつ》は怪しかった。しかし、酒気《しゅき》は帯びていない様子だ。何か薬物で舌が滑《なめ》らかに回らなくなったのだろう。

「危険ドラッグ遊びでもしたのかい？」

「おれをガキ扱いするな。おれはな、どんな人間よりも偉い神なんだ」

「わかった、わかった」

久世は微苦笑《びくしょう》した。すると、茶髪の男の顔が険《けわ》しくなった。

バスローブのポケットから、大型カッターナイフを取り出した。すぐに刃が五、六センチ押し出された。

「そのカッターナイフの刃渡りが五・五センチ以上あったら、そっちは銃刀法違反で現行犯逮捕される」

「お巡りみたいなことを言いやがる」

「刃を引っ込めろ！」

久世は命じた。

男が一段と気色《けしき》ばみ、前に踏み出した。カッターナイフが上段から振り下ろされた。

風切り音は鋭かった。

だが、刃先は一メートルも離れていた。カッターナイフが男の手許《てもと》に引き戻された。

隙《すき》だらけだ。久世は前に跳《と》び、肩で相手を弾《はじ》いた。

バスローブ姿の男が路上に尻餅《しりもち》をついた。弾みで、裾《すそ》が乱れた。ペニスは陰毛に半《なか》ば隠れている。

久世は、相手の右腕を蹴り上げた。

カッターナイフが宙《ちゅう》を舞い、道端に落ちた。ほかに何か凶器を所持しているかもしれない。

久世は屈《かが》み込んで、手早くバスローブのポケットを探《さぐ》った。

右のポケットに五つの錠剤が入っていた。どれも〝パラダイス〟だった。

「このドラッグカクテルをどこで手に入れた？」

「えっ!?」

「素直にならないと、パトカーを呼ぶぞ」

「あんた、警官《マッポ》なのかよ？」

「そうだ。入手先を吐《は》けば、見逃してやってもいい」

「わかった。そういうことなら、おれ、教えるよ」

男が夢から醒《さ》めたような顔で言った。

「どこで〝パラダイス〟を入手したんだ？」

「ブハナってナイジェリア人の男から、〝パラダイス〟を七錠買ったんだ。それでさ、路地裏のサウナの休憩室で二錠服《の》んだら、おれの頭の中で、『おまえは神の化身《けしん》だ』って声が響きつづけたんだよ」

「それで、その気になって、バスローブ一枚で表に飛び出したわけか？」

「うん、そう」

「そのとき、サウナの従業員は何も言わなかったのか？」

「バスローブで外に出ないでくれって注意されたよ。けど、カッターナイフをちらつかせたら、黙りやがった」

「おまえ、サウナに入るのにいつも刃物を忍ばせてるのか？」

「ああ、半年ぐらい前からね。別のサウナで仮眠をとってたら、レスラーみたいな大男にマラをいじられたことがあるんだ。それ以来、護身用のカッターナイフを持ち歩くようになったわけさ」

「しょっちゅうサウナを泊まり歩いてるってことは宿《やど》なしなんだな？」

「うん、まあ。五カ月前まで宇都宮の鉄工所で働いてたんだけど、なんかかかったるくなってさ、そこを辞めちゃったんだ。東京に来れば、面白い仕事にありつけるだろうと楽観してたんだけど、どこも雇ってくれなかった」

「なぜ、栃木に帰らなかったんだ？」

「田舎の暮らしは退屈だからね。だから、ネットカフェやサウナを泊まり歩いてたんだよ」

「そうか。ブハナってナイジェリア人は、どこにいるんだ？」

久世は訊《き》いた。

「一番街の入口近くにある『大地』ってアフリカン・レストランが不良アフリカ人たちの溜《た》まり場になってるんだ。たいていブハナは、そこにいるよ」

「そうか。いったんサウナに戻って、その店におれを案内してくれ」

「あんたひとりで、『大地』に行ってくれよ。おれが口を割ったことを知ったら、ブハナは狂ったように怒るに決まってる」

相手が尻込《しりご》みした。久世は男の片腕を摑《つか》んで、強引に立ち上がらせた。

男が観念し、足を踏みだす。サウナは五十メートルも離れていなかった。久世は男に身繕《みづくろ》いさせ、『大地』に向かった。

目的の店は薄暗かった。アフリカン・ミュージックが鳴り響いている。太鼓《たいこ》の音《ね》が高い。

肌の黒い男たちが十人ほどいた。誰が客で、誰が店の従業員なのか判然としなかった。

「ブハナって奴は、どこにいる？」

久世は、案内に立った男に問いかけた。

男は黙って、通路で踊っている巨身の黒人を指さした。二メートル近い巨漢だ。三十代の前半だろうか。皮膚は紫がかった黒色だ。

久世は連れの背を押しながら、ブハナに近づいた。ブハナがステップを刻みながら、ゆっくりと振り向いた。

「あんた、ブハナだな？」

久世は日本語で確かめた。一拍置いて、大男がたどたどしい日本語を使った。

「それ、正しいね。わたし、ブハナ。おまえ、誰か言う。オーケー？」

「質問するのは、このおれだ。そっちは、おれの横にいる奴に混合麻薬の〝パラダイス〟を七錠売ったな？」

「それ、違うね。わたし、隣にいる男に何度かイラン人の知り合いから仕入れた大麻樹脂《チョコ》を売った。けど、〝パラダイス〟は誰にも売ってない。わたし、〝パラダイス″の仕入れ先、知らないよ」

「その話、嘘じゃないな?」

「ほんとのことね。隣の日本人、でたらめ言った。きっとそうね」

「ああ、おそらくな」

久世はブハナに言って、連れに向き直った。

ほとんど同時に、少し前までバスローブをまとっていた男が身を翻《ひるがえ》した。逃げる気になったのだろう。

すかさず久世は追った。

アフリカン・レストランを走り出た男は、靖国《やすくに》通りに向かって懸命に駆けている。

久世は全速力で走った。少しずつ距離が縮まりはじめた。

じきに男が靖国通りに出た。

数秒後、大きな衝突音に車のブレーキ音が重なった。久世は視線を伸ばした。

灰色のワンボックスカーに撥《は》ね飛ばされた男が路面に叩きつけられた。それきり微《び》動《どう》だにしない。首が奇妙な形に折れ曲がっている。すでに息絶《た》えているようだ。

「なんてことだ」

久世は右に曲がって、新宿東宝ビル方向に歩きだした。

2

歌声が耳に届いた。

ギターの音《ね》も聞こえる。スローバラードだった。

久世は、新宿コマ劇場の跡地に建った新宿東宝ビル前の広場で立ち止まった。

いつものように、ストリート・ミュージシャンの健《けん》がアコースティック・ギターを掻《か》き鳴らして、自作曲を披露していた。だが、あたりには誰もいなかった。

押し開いたギターケースには、百円硬貨が二つ入っているだけだ。

健《けん》の黒いニット帽は、ほぼ雪で真っ白になっている。両手の指は皹《あかぎれ》で痛々しげだ。

静岡県出身の健《けん》は二十六歳だった。中堅私大を卒業した彼は都心の一流ホテルに就職したが、わずか半年で退職してしまった。シンガー・ソングライターになる夢を諦《あきら》め切れなかったからだ。

健《けん》はコンビニエンスストアや居酒屋でアルバイトをしながら、曲作りに精出した。

そして、デモテープをレコード会社や音楽プロダクションに売り込んだ。

彼の楽曲に興味を示したのは、インディーズ系の小さなレーベルだけだった。ＣＤ

制作費の半分を健《けん》が負担してくれれば、すぐにもレコーディングに入りたいと相手側は繰り返した。

マイナーデビューでも、自作曲がCD化されれば、飛躍のチャンスに恵まれるかもしれない。健《けん》はそう考え、アルバイトでこつこつと溜《た》めた百二十万円を担当ディレクターに渡した。

その数日後に担当ディレクターは会社を辞め、姿をくらました。健《けん》は計画的な詐欺《さぎ》に引っかかってしまったのだ。逃げたディレクターはミュージシャン志望の若い男女十数人から総額で約二千万円を騙《だま》し取り、どこかに逃げ去った。未《いま》だに行方《ゆくえ》はわからない。

元ディレクターは正社員ではなかった。契約社員とあって、会社は一切《いっさい》の責任を負わなかった。

落胆した健《けん》はアルバイトをする気力も失い、四畳半一間のアパートで無為《むい》の日々を過ごした。そのうち、彼は食事代にも事欠《か》くようになった。

そんなことで、健《けん》は二年前にストリート・ミュージシャンになったわけだ。最初にギターの弾き語りをした夜、たまたま久世は広場を通りかかった。

メロディアスな旋律に乗った澄んだ声が心の琴線《きんせん》に触《ふ》れ、思わず足を止めた。健《けん》の歌に耳を傾けていると、地回りの男たちがやってきた。彼らは凄《すご》み、健《けん》に場所代《ショバ》を要求した。健は子供のように怯《おび》えていた。

久世は見かねて、地回りの男たちを追っ払ってやった。警察手帳を呈示《ていじ》すると、地回りたちはそそくさと立ち去った。

そんなことがあって、久世は健《けん》と親しくなったのである。健《けん》が自作曲を歌い終わり、にこやかに笑った。

「夕方から底冷えすると思ってたら、とうとう雪になっちゃったな」

「ええ。こんな天気じゃ、足を止めてくれる人が少なくって」

「二百円じゃ、ラーメンも喰《く》えないな。おれの好きな『イノセント・スカイ』を歌ってくれないか」

久世は言って、五千円札をギターケースの中に投げ入れた。すると、健《けん》が細面《ほそおもて》の顔を翳《かげ》らせた。

「久世さんにはいろいろ世話になってるけど、哀《あわ》れまれるのはちょっと……」

「僻《ひが》むなって。おれは本気で『イノセント・スカイ』は五千円を払うだけの価値があると思ってるんだ。だから、リクエスト代としてギターケースに入れたんだよ」

「それ、ほんとなんですね？」

「もちろんさ。さ、歌ってくれ」

久世は促《うなが》した。

健《けん》が表情を和《なご》ませ、リクエスト曲の前奏を爪弾《つまび》きはじめた。久世は腕組みをして、軽く目を閉じた。

フォークロック調の曲だった。歌詞はやや哲学的だが、人間の孤独感を切々と訴える内容だ。人は誰もが淋《さび》しい。だから、時には渇《かわ》きを癒《い》やし合おう。そんな素朴な歌詞が心に沁《し》みる。

久世は自然にハミングしていた。転調のメロディーを聴くたびに、なぜか恋人の由華の顔が脳裏に浮かぶ。彼女も『イノセント・スカイ』は気に入っていた。

やがて、健《けん》が歌い終えた。

久世は瞼《まぶた》を開け、高く拍手した。

「いい曲だ。レコード会社や音楽プロダクションの連中は、ぼんくらばかりだな。おれがディレクターだったら、すぐにも『イノセント・スカイ』をCDにするよ」

「久世さんにそう言ってもらえると、励みになります」

「そう遠くないうちに、健《けん》は必ずメジャーデビューできるよ」

「でも、いまはCDが極端に売れなくなってるから、俗受けする曲じゃないと、なかなかデビューさせてもらえないようなんです。といって、夢を捨てて田舎に帰る気にもなれないしね」

「まだ若いんだから、とことん夢を追えよ」

「ええ、そのつもりです。そうだ、肝心なことを忘れてました。午後八時過ぎに大久保一丁目で『エルドラド』ってラテンパブをやってるゴメスってコロンビア人がここにやってきて、ぼくに小遣いを稼ぐ気はないかと言ったんですよ」

「コカインの小口密売でもやらないかって言われたのか?」

「いいえ、コカインではありません。例の新麻薬の〝パラダイス〟を売ってくれれば、一錠に付き二百円払うと言われたんです」

「耳寄りな情報をありがとう」

「ゴメスは前々から、コカインの密売容疑で新宿署にマークされてたって話でしたよね?」

「ああ。しかし、本国の麻薬カルテルがだいぶ前に壊滅に追い込まれたんで、もうコカインの供給源はないはずなんだ」

「ゴメスはコカインの密売に見切りをつけて、〝パラダイス〟を大量に売り捌《さば》く気になったのかな」

健《けん》が呟《つぶや》くように言った。

「まだ何とも言えないな。南米製の服《の》む覚醒剤が過去に押収されたことは一度もないんだ」

「そういえば、〝パラダイス〟はタイ製の錠剤型覚醒剤〝ヤーバー〟によく似てるという話でしたよね？」

「ああ。〝ヤーバー〟の主成分はアンフェタミンか、メタフェタミンなんだよ。どちらも覚醒剤なんだ。〝パラダイス〟はアンフェタミンにLSDを加えただけだから、タイあたりで密造されてると睨んでたんだが……」

「麻薬ビジネスで荒稼ぎしてる奴らは国が異《こと》なっても、裏で結びついてるんじゃないですか？」

「間接的な繋《つな》がりを頼れば、どの組織ともコネをつけられるだろうな。コカインの供給源を失ったコロンビア人マフィアが〝パラダイス〟を仕入れることも不可能じゃないだろう。ちょっとゴメスをマークしてみるよ」

「そうですか。それはそうと、依然として、魚住由華さんの消息はわからないんですか？」

「ああ」

「心配ですね。久世さん、魚住さんが〝パラダイス〟の卸し元か密売組織に連れ去られたとは考えられませんか？」

「その可能性はあるかもしれないね。仮にそうだったら、おれはどんな手段を用《もち》いても、必ず由華を救い出す。たとえ懲戒免職になってもな」

「魚住さんを愛してるんですね。ぼくに協力できることがあったら、遠慮なく言ってください」

「その気持ちだけで充分だよ。今夜は、もう中野のアパートに引き揚げたほうがいいな。風邪をひいたら、元も子もないぜ。お寝《やす》み！」

久世は片手を挙《あ》げ、ストリート・ミュージシャンに背を向けた。

いつしか粉雪は、牡丹《ぼたん》雪に変わっていた。久世は新宿東宝ビル前を抜け、花道《はなみち》通りを突っ切った。東京都健康プラザと大久保公園の脇を通過し、職安《しょくあん》通りを渡る。

職安通りの向こう側は百人町一丁目と大久保一丁目だ。そのあたりからJR新大久保駅一帯には、外国人の姿が多い。大半は不法残留者で、その国籍はさまざまだ。

最も数が多いのは中国人で、次《つ》いで韓国人、タイ人、イラン人、パキスタン人、フィリピン人、コロンビア人の順である。そのほかマレーシア人、ロシア人、リトアニア人なども いる。

不法残留の外国人向けの飲食店も軒《のき》を並べている。各種の食材店、洋品店、ビデオレンタル店も少なくない。

久世は以前、別の事件でラテンパブ『エルドラド』を内偵捜査したことがあった。オーナーのゴメスが南米出身の常連客に非合法のカードゲームをやらせ、コカインも密売していた。ボリビア人娼婦を男の客に斡旋《あっせん》していた疑いもあった。

だが、どの犯罪も立件はできなかった。関係者が口裏を合わせて、ゴメスを庇《かば》ったからだ。

三十九歳のゴメスは七年前まで、コロンビアで最大勢力を誇る犯罪組織の一員だった。だが、兄貴分の情婦を寝盗《ねと》って、母国にいられなくなった。それで、日本に流れてきたのだ。

ゴメスは来日間《ま》もなく日本人女性と結婚し、日本国籍を取得した。それから半年後に離婚している。不法滞在でコロンビアに強制送還されることを恐れ、偽装国際結婚したにちがいない。

やがて、ラテンパブ『エルドラド』の軒灯《けんとう》が見えてきた。

面《メン》が割れているから、店の中に入るわけにはいかない。

久世は、ラテンパブの斜め前にあるタイ・レストランに入った。運よく道路側のテーブル席が空いていた。嵌《は》め殺しのガラス窓から、『エルドラド』の出入口がよく見える。

民族衣裳《いしょう》をまとったタイ人のウェイトレスが注文を取りにきた。

久世はメニューを開き、タイ風焼き飯《カーウ・パード》、牛肉サラダ《ヤム・ヌア》、海老入り辛味スープ《トム・ヤム・クン》、タイ風さつま揚げ《トート・マンプラー》をオーダーした。飲みものは、メコンというタイ産ウイスキーのソーダ割りに決めた。

久世はウェイトレスが下がると、セブンスターに火を点《つ》けた。半分ほど喫《す》ったとき、懐《ふところ》で刑事用携帯電話《ポリスモード》が打ち震えた。五人との通話が可能で、写真や動画の送受信もできる。制服警官たちには、Ｐ《ピー》フォンが貸与されている。

煙草の火を揉《も》み消し、ポリスモードを手に取る。

発信者は早瀬課長だった。四十七歳だが、五十代の後半に見える。頭がすっかり禿《は》げ上がり、顔に皺《しわ》が多いせいだろう。大卒だが、一般警察官《ノンキャリア》だった。

「本格的な雪になったな。今夜も歌舞伎町で聞き込みかね？」

「ええ。課長、ようやく手がかりを摑みましたよ」

久世はそう前置きして、ストリート・ミュージシャンの健《けん》から聞いた話をつぶさに語った。

「その情報通りなら、ゴメスが〝パラダイス〟を首都圏に流してるんだろう。しかし、不良コロンビア人だけで大量密売は難しいんじゃないのかな」

「そうですね。日本のやくざが協力してるにちがいありません。というより、新麻薬の密売の主犯格は日本の暴力団なんでしょう」

「おそらく、そうなんだろう。歌舞伎町には、百八十以上の組事務所がある。そのうちの約一割は広域暴力団の二次団体で、構成員数も多い」

「ええ、そうですね。それ以外の三次、四次団体が卸し元とは考えにくいから、二次組織のどこかがゴメスと手を組んだんでしょう」

「ああ、多分ね。首都圏で最大組織の稲森《いなもり》会が麻薬ビジネスに乗り出したんだろうか。あるいは、住川《すみかわ》会がコロンビア人マフィアとつるんだのかな」

「こっちの記憶によると、稲森会と住川会は過去五年間で麻薬で検挙《アゲ》られたことはないはずです」

「そういえば、そうだったね。それじゃ、極友《きょくゆう》会の二次組織がゴメスとつるむ気になったのかもしれないいな」

　早瀬が言った。

「これは私見ですが、関東やくざの御三家は麻薬ビジネスには関与してないような気がします」

「なぜ、そう思うんだね？」

「御三家は企業舎弟《フロント》の多角経営を図って、揃って利益をコンスタントに上げてます。欲を出して麻薬ビジネスに手を染めたら、組織の存続が危《あや》うくなります」

「そうだね。しかし、いったん持ち直した景気も後退しはじめてるようだ。御三家の二次団体までは上手に凌《しの》いでるんだろうが、三次や四次組織は遣《や》り繰《く》りが大変なはずだよ。組員十数人の末端団体は上納金も工面《くめん》できない状態なんじゃないのかね」

「確かに下部団体《エダ》は、台所が苦しいでしょう。しかし、それぞれ御三家の代紋を失ったら、裏社会で生き抜けません」

「ま、そうだね。となると、業界四位の関東桜仁《おうじん》会、五位の東和義誠《とうわぎせい》会、六位の仁友《じんゆう》会あたりが臭いね」

「ええ、まあ。どこも裏ビジネスに励んでるようですが、それだけでは御三家には太《た》刀《ち》打ちできません。危ない橋を渡って、大きく稼がないと、勢力の拡大はできないはずです」

「だろうね。となると、ゴメスと手を組んだのは準大手のどこかなんだろう。いや、待てよ。神戸の最大組織や大阪の浪友《ろうゆう》会が外国人マフィアと共謀して、関東進出を企《たくら》んでるとも考えられるな。現に北海道の最大組織はロシア人マフィアと結託《けったく》し、水産物の密貿易をやって、ブラックマネーを増やしたからね。九州の暴力団もチャイニーズ・マフィアと組んで、悪事を働いてる」

「関西の極道が外国人犯罪者を巧《たく》みに利用してることは間違いないでしょうが、この時期に東西戦争の火種《ひだね》を蒔《ま》くとは思えないな」

久世は言った。

「そうか、そうだろうね」

「ゴメスに張りついていれば、必ず協力関係にある組はわかるはずです」

「そうだね。ところで、魚住由華さんの行方は……」

「そちらは収穫なしです」

「そうか。秋山《あきやま》に失踪人の関係者に再度聞き込みをしてもらったんだが、これといった手がかりは得られなかったんだ」

課長がそう言い、長嘆息《ちょうたんそく》した。秋山秀司《しゅうじ》は課内で最も若い刑事だ。二十八歳の警部補である。

「秋山には、別の事件捜査をやらせてやってください。由華は、こっちが捜し出します」

「しかし、きみは〝パラダイス〟の密売ルートの解明に追われてるじゃないか」

「これは単なる勘なんですが、わたしの潜入捜査が由華の失踪を招いたのかもしれないと考えてるんです」

「捜査妨害をしたくて、正体不明の人物がきみの恋人を拉致《らち》させた？」

「ええ。由華が行方不明になったのは、例の脅迫電話があった数日後だったんです」

「ああ、そうだったね。しかし、それから何カ月も経《た》ってる。犯人が捜査妨害したくて、きみの彼女を拉致したんだとしたら、すでに殺されてるんじゃないだろうか。そして、とうに遺体が……」

「わたしがこんなことを言うのは妙ですが、由華は魅力的な女です。殺してしまうのは惜《お》しい気がして、どこかに監禁してるとも考えられます」

「きみの推測通りだとしたら、ひどい目に遭《あ》ってるんだろうな。逃亡を防ぐために鉄の足枷《あしかせ》を括《くく》りつけられ、麻薬漬《づ》けにされてるのかもしれない」

「課長！」

「あっ、すまない。つい無神経なことを言ってしまった。勘弁してくれ」

「由華がそんな目に遭ってたら、わたしは辞表を出して、犯人をぶっ殺してやります」

「久世君、気持ちはわかるが、われわれは法の番人なんだ。犯罪者を私的に裁《さば》くなんてことはよくないよ」

「刑事だって、人の子です。聖人君子《せいじんくんし》じゃないんです。愛《いと》しい者が人格や誇りを踏みにじられたら、冷静ではいられませんよ」

「それでも、理性で感情を抑《おさ》えないとな」

「惚《ほ》れてる女が拉致されたかもしれないんですっ。冷静でなんかいられませんよ。場合によっては民間人になって、個人的に由華を捜すつもりです」

「『SAT』の教官まで務《つと》めた久世君を復讐鬼にするわけにはいかない。〝パラダイス〟の密売ルートは、別の課員に突きとめさせよう。久世君、そうしてくれ」

「課長、それは困ります。こっちを何がなんでも潜入捜査から外すおつもりなら、内部告発をしますよ」

「内部告発だって!?」

「そうです。去年の秋に総務部に異動になった有資格者《キャリア》一年生の香月彰《こうづきあきら》警部は六本木の白人ホステスたちの色仕掛けに引っかかって、不法残留であることを見逃したんでしょ? 警察庁の首席監察官がその不正を摘発したにもかかわらず、香月警部は懲戒免職処分にならなかった」

「きみがなんで知ってるんだ!?」

「警察庁と警視庁のキャリア同士が裏取引して香月を庇ったことを快《こころよ》く思ってない者が内部にいるんですよ」

「人の口に戸は立てられないか……」

「キャリア同士の裏取引を黙認した上司にも、問題はありますよね？」

「久世君！　き、きみはわたしを脅迫してるのかね!?」

早瀬課長が声を裏返らせた。

「そんなつもりはありませんよ。警察機構は、五百数十人の警察官僚が支配してると言っても過言ではないでしょう。われわれノンキャリア組が有資格者《キャリア》に逆《さか》らったら、前途《ぜんと》は多難です。しかし、そちらの出方によっては、尻《けつ》を捲《まく》ることになるでしょう」

「わかった。さっきの言葉は撤回《てっかい》しよう。久世君、それでいいな？」

「ええ、結構です」

「きみは怕《こわ》い男だね」

「こっちは指令を遂行《すいこう》して、自分の手で由華を救い出したいだけです。何か動きがありましたら、ご報告します。それでは失礼します」

久世は終了キーを押し、ポリスモードを折り畳んだ。ちょうどそのとき、ウイスキーソーダと牛肉サラダ《ヤム・ヌア》が運ばれてきた。

久世は坐り直し、グラスを摑み上げた。

3

タイ料理を平らげた。

どれも香辛料が利き、味付けは濃厚だった。それでいて、妙な癖はなかった。世界三大スープの一つと言われているトム・ヤム・クンの味は最高だった。

久世はペーパーナプキンで口許《くちもと》を拭《ぬぐ》って、煙草をくわえた。

食後の一服は格別にうまい。喫煙が健康を害することは百も承知だったが、煙草と縁を切る気はなかった。

セブンスターを喫《す》い終えたとき、『エルドラド』に若い日本人の男が近づいた。

久世は目を凝《こ》らした。なんと路上ミュージシャンの健《けん》だった。黒いギターケースを右手に提《さ》げている。

健《けん》は冬になって投げ銭が少なくなったことを先夜、ぼやいていた。それで彼は心細くなって、〝パラダイス〟の小口密売を請《う》け負《お》う気になったのだろうか。

久世は健《けん》がラテンパブに入ったのを見届け、溜息《ためいき》をついた。健《けん》に毎月、数万円をカンパしているが、それではとても足りないのだろう。

といって、俸給《ほうきゅう》の半分を吐き出すことはできない。第一に理由もなく十万円以上の金を恵んだら、健《けん》のプライドを傷つけることになる。

もう少し投げ銭が増えることを祈ろう。

久世はウェイトレスに声をかけ、シンハを追加注文した。タイ製のビールだ。ウイスキーソーダはとうに飲み干していた。

待つほどもなくビールが届けられた。

久世は手酌《てじゃく》で飲みはじめた。健《けん》が『エルドラド』から出てきたのは、およそ十分後だった。

「知り合いが通りかかったんだ。すぐに戻ってくるよ」

久世はウェイトレスに断って、椅子《いす》から立ち上がった。煙草とライターを卓上に置いたまま、急いで店を出る。

健《けん》は背を丸め、新大久保駅方面に向かいはじめた。久世はストリート・ミュージシャンを呼びとめた。

すぐに健《けん》が立ち止まり、体を反転させた。久世は健《けん》に歩み寄った。

「投げ銭が少なくなったんで、〝パラダイス〟の小口密売をする気になったのか？」

「そうじゃないんです。ぼく、新麻薬の密売をする気がある振りをして、ゴメスに探《さぐ》りを入れてみたんですよ。久世さんには何かと世話になってるんで、恩返しの真似事《まねごと》をしたかったんです」

「そうだったのか。疑うようなことを言って、悪かったな」

「いいえ、いいんです。気にしないでください」

「で、ゴメスはどう言ってた？」

「ドラッグカクテルの錠剤は何万錠もあるから、せっせと売れば、月に百万円前後は稼げると言ってました」

「ゴメスは〝パラダイス〟の入手先について何か洩《も》らさなかった？」

「それとなく誘い水を撒《ま》いてみたんですが、それについては何も喋りませんでしたね」

健《けん》がそう答え、ニット帽の雪片を手で払い落とした。

「そうか。ゴメスは日本の暴力団とつるんで新麻薬を売り捌《さば》いてると思うんだが、そのへんについては？」

「組の名は明かしませんでしたが、日本の暴力団に〝パラダイス〟を卸してると言ってましたよ」

「やっぱり、そうだったか。で、そっちは密売を手伝うとゴメスに言ったのか？」

「そんなことは言いませんよ。ちょっと考えてから、返事をすると答えておきました」

「賢明だね」

「もちろん、小口密売で汚れた金を稼ぐ気はありません。だけど、久世さんの捜査に役立つなら、ゴメスの頼みを聞いた振りをしてもいいですよ。〝パラダイス〟を預かっても、むろん誰にも売ったりしませんけどね」

「そこまでやってくれなくてもいいよ」

「そうですか。なら、返事をできるだけ引き延ばして、ゴメスの麻薬ビジネスのことをさらに探《さぐ》ってみます」

「そっちの気持ちは嬉しいが、ゴメスはコロンビア人マフィアのひとりなんだ。深入りするのは危険だな」

「ええ、そうでしょうね。でも、久世さんの役に立ちたいんですよ。恩義のある方には、何らかの形で報《むく》いたいと考えてるんです。それが人の道ですからね」

「若いのに、ずいぶん古風なことを言うんだな。その考えは間違ってないと思うが、そっちは捜査の素人なんだ。だから、無鉄砲なことはさせたくないんだよ」

「だけど……」

「いいんだ。数日中にゴメスに協力できないとはっきり断ったほうがいいな。もしゴメスが協力を強《し》いるようだったら、おれが話をつけてやる。寒いから、早く塒《ねぐら》に戻れよ」

久世は健の肩を軽く叩いて、踵《きびす》を返した。

タイ料理店に戻り、残りのビールを傾ける。グラスが空になったとき、懐で私物の携帯電話が振動した。マナーモードにしてあったのだ。久世はジャケットの内ポケットから携帯電話を取り出し、ディスプレイを見た。

公衆電話という文字が表示されている。発信者が公衆電話を利用するケースは稀《まれ》だった。久世は身構えるような気持ちで、相手の言葉を待った。ややあって、男のくぐもり声が耳に届いた。

「わたしの忠告を無視するとは、いい度胸してるな」

「いつか本庁に脅迫電話をかけてきたのは、そっちなんだな？」

「否定はしないよ」

「きょうもボイス・チェンジャーを使ってるようだなっ」

「その通りだ。もう察しがついてるだろうが、魚住由華はわたしが預かってる。きみがこちらの警告を黙殺したんで、やむなく帰宅途中の彼女を拉致したわけさ。きみの携帯のナンバーは、由華を痛めつけて吐かせた。引っさらったときに彼女、自分の携帯をこっそり捨てたんでね。きみに迷惑をかけたくなかったんだろう」

「由華は生きてるんだな？」

久世は早口で確かめた。

「ああ、生きてる。ある所に閉じ込めてあるんだ」

「元気なんだな？」

「少し痩《や》せたよ。恐怖心が食欲を殺《そ》いでるんだろうな。それから、薬物中毒になりかけてる」

「由華に〝パラダイス〟を無理矢理服《の》ませたのか!?」

「最初は、そうだった。しかし、いまでは彼女は自分からドラッグカクテルを欲しがるようになってる。〝パラダイス〟欲しさに、きみの彼女はわたしの言いなりになってるよ。素っ裸になれと命じれば、素直に衣服を脱ぐ。股を開けと言えば、すぐに命令に従う。中毒者《ジャンキー》になった女は憐《あわ》れだね。どんなに自尊心を傷つけられても、禁断症状から逃れることだけを望んでる。売春婦以下だな」

「由華が何をした？　なんの関係もない彼女を人質に取って捜査の邪魔をするなんて、卑劣《ひれつ》すぎる。きさま、それでも男かっ」

「確かに紳士的なやり方じゃなかったな。しかしね、こちらは〝パラダイス〟のことを探《さぐ》られると、いろいろ不都合《ふつごう》なことが出てくるんだよ。それで仕方なく、魚住由華を人質に取ったんだ。彼女は運が悪かったんだよ。それにしても、きみは頑固《がんこ》な男だね」

「何が言いたいんだっ」

「そっちは本気で魚住由華に惚《ほ》れてるのかね？」

脅迫者が問いかけてきた。

「彼女のことは、かけがえのない女性だと思ってる」

「そういう恋人がこの世からいなくなったら、きみは喪失感《そうしつかん》に打ちのめされるだろうな。きみが〝パラダイス〟の捜査を打ち切ってくれるなら、人質は解放してやる。捜査を続行する気なら、そのうち魚住由華の惨殺体《ざんさつたい》がどこかで発見されることになるだろう」

「由華が無事だと確認できるまでは何も約束できない。まず彼女と電話で話をさせてくれ。そうじゃなければ、どんな裏取引にも応じられないっ」

久世は言い返した。

「きみは冷たい男だね。恋人の命よりも公務のほうが重いと考えてるわけだ？」

「そうじゃない。由華を一刻も早く救出したいと思ってるさ。しかし、新麻薬が蔓延《まんえん》することも防がなければならないんだ」

「偽善者め！」

「なんだと⁉」

「もっともらしい言い訳だが、きみは心底、彼女にのめり込んでないのさ。だから、恋人の命よりも公務を優先できるんだよ」

「それは違う。断じて違うぞ」

「きれいごとを言うな。きみは恋人が殺されても仕方ないと考えてるのさ、本心ではね」

「よし、わかった。由華が監禁されてる場所を教えてくれ。おれは単独で、彼女を迎えに行く。当然、丸腰でな。由華を解き放ってくれたら、おれはもう〝パラダイス〟のことは突つかない。それで、どうだ？」

「話が逆だよ。きみが捜査を諦《あきら》めたことが確認できたら、即座に人質は解放してやろう」

「そういう条件なら、折れるわけにはいかない」

「話は平行線だな。折り合えないなら、人質を始末して、そっちも闇に葬《ほうむ》ることになる」

「ま、待ってくれ。双方が歩み寄れるかどうか話し合おうじゃないか」

「もう無理だろう」

相手が一方的に言って、電話を切った。

自分は、どうすべきだったのか。

久世は、私物の携帯電話を二つに折り畳んだ。

セブンスターに火を点け、心を鎮《しず》める。なぜ、いまになって、正体不明の敵は接触してきたのか。謎の脅迫者は人質の由華を威《おど》し、久世のテレフォンナンバーを吐かせたと言っていた。彼は新麻薬の潜入捜査のことを知り、ずっと自分をマークしていたのか。そして捜査の手が自分に迫る前に由華を人質に取ったと思われる。捜査を続行すれば、そのうち由華は殺されることになるだろう。

そんなことになったら、取り返しがつかなくなる。どうにかしなければならない。

久世は知恵を絞ってみたが、妙案は閃《ひらめ》かなかった。

もし由華が自分の携帯電話の番号を教えたのではないとしたら、脅迫者は知り合いか、他人の個人情報を引き出せる職業に就《つ》いていることになる。捜査機関や司法関係者なのか。検事や弁護士が由華の拉致に関わっているとは考えにくい。警察関係者はどうか。警察は階級社会である。警察庁採用の有資格者《キャリア》たちがヒエラルキーの頂点を占め、その下の順位は職階で決まる。五十代のベテラン刑事であっても警部補なら、はるか年下の警部にはそれなりの敬意を払わなければならない。

久世は警視庁採用のノンキャリアだが、大卒組の出世頭と言える。若くして『SAT《サット》』に抜擢《ばってき》され、教官にまでなった。同輩たちの羨望《せんぼう》の的《まと》だった。しかし、妬《ねた》みで久世を陥《おとしい》れる警察官がいるとは思いたくない。東京地検の検察官とは仕事で反目《はんもく》し合ったことがある。だが、現職検事が刑事に個人的な仕返しをするとは考えにくい。そんなふうに消去法で推測していくと、疑わしい人物は残らなくなった。

前科歴のある者が、自分を逆恨《さかうら》みしているのだろうか。

久世は過去に関わりのあった犯罪者をひとりひとり思い起こしてみた。

その数は少なくなかった。しかし、怪しい人物を絞ることはできなかった。

脅迫者の捨て台詞《ぜりふ》は、ただの威嚇《いかく》だったとは思えない。

由華のいない人生など考えられなかった。想像しただけで、虚《むな》しさが胸を塞《ふさ》ぐ。生きる張りさえ失ってしまうだろう。人質の救出を最優先すべきだったのではないか。焦《あせ》りが募《つの》る。

久世は刑事としての意地を張ったことを強く悔《く》やみはじめた。とりあえず恋人を安全な場所に移し、それから本格的な潜入捜査もできたはずだ。

そうすべきだった。しかし、こちらから脅迫者に連絡はできない。

久世は短くなった煙草の火を灰皿の底で乱暴に消した。

そのとき、『エルドラド』から見覚えのある外国人が姿を見せた。ゴメスだった。グレイの背広の上に、黒いチェスターコートを重ねていた。右手には、格子柄の傘を持っている。

午後十一時数分前だった。

ゴメスが傘を押し拡《ひろ》げ、歌舞伎町方面に歩きだした。久世は勘定を払うと、すぐさまタイ料理店を出た。

ゴメスは数十メートル先を急ぎ足で進んでいる。

何か急用があるらしい。久世は肩をすぼめながら、コロンビア人を尾行しはじめた。

ゴメスは大柄ではない。身長は百七十センチそこそこだろう。

髪は黒に近い。肌は浅黒かった。彫《ほ》りこそ深いが、ヒスパニック系の面立《おもだ》ちだ。

じきにゴメスは職安通りを突っ切り、歌舞伎町二丁目の裏通りに足を踏み入れた。二百メートルほど進み、ホテルキャッスルの裏手にある小料理屋に入った。

間口は、さほど広くない。『泪橋《なみだばし》』という店名だった。

ゴメスの行きつけの飲み屋なのか。あるいは、誰かに指定された小料理屋なのかもしれない。

久世は『泪橋』の前の暗がりで、五分ほど時間を稼いだ。変装用の黒縁眼鏡《くろぶちめがね》をかけ、前髪を額いっぱいに垂らす。

眼鏡に度は入っていない。素通しガラスだ。久世は両眼とも、一・二だった。

頭や肩の雪を払って、小料理屋に入る。

左手にL字形のカウンターがあり、右手に小上《こあ》がりがあった。ゴメスは奥の小上がりの座卓を挟《はさ》んで、五十歳前後の日本人男性と向かい合っていた。コロンビア人は後ろ向きだった。

談笑している相手は、ひと目で筋者《すじもの》とわかる風体《ふうてい》だった。

仕立てのよさそうな黒っぽいスーツに包まれた体は、がっしりとしている。ブルドッグを連想させる顔で、典型的な猪首《いくび》だ。

カウンターの中ほどに六十年配の男が坐っている。白髪で、芸術家タイプだった。

カウンターの中には、女将《おかみ》らしい三十四、五歳の和服姿の女と二十代後半の板前がいた。

「いらっしゃいませ。お好きなお席にどうぞ」

着物の女が愛想よく言った。久世は、先客から一つ離れた席についた。

「お飲みものは何になさいます？」

「体が芯《しん》まで冷えちゃったんで、純米吟醸酒を熱燗《あつかん》で頼みます。肴《さかな》は、お任せで二、三品……」

「かしこまりました」

女が横を向き、板前に小声で指示を与えた。

そのとき、久世は相手の顔に見覚えがあることに気づいた。四、五年前まで、時たまテレビの歌番組に出演していた演歌歌手だった。芸名は、確か若月笑美子《わかつきえみこ》だ。

「ママの顔、見たことありませんか？」

先客の六十年配の男が話しかけてきた。

「演歌歌手の若月笑美子さんでしょ？」

「そうなんですよ。ヒット曲が四、五曲もあるんだから、いまも現役で通用すると思うんだけど、ちょうど三十歳のときに歌手を廃業したんです。もったいないよなあ」

「そうですね」

久世は調子を合わせて、セブンスターをくわえた。すかさず女将がカウンター越しにライターの炎を差し出す。

赤漆塗《あかうるし》りのデュポンだった。右手の薬指には、大きなエメラルドの指輪が光っている。

久世は礼を言って、煙草に火を点けた。

「お客さんは、初めてですよね？」

元演歌歌手が問いかけてきた。

「ええ。『泪橋』って店名に惹《ひ》かれて、ふらりとね」

「これをご縁に、どうかごひいきに」

「また、そのうち寄らせてもらいますよ。三年つき合った女と今夜、別れたんです」

久世は作り話を澱《よど》みなく喋った。

「それは、お辛いわね。わたしでよければ、慰《なぐさ》めてあげます」

「ぜひ、お願いしたいな」

「もう少ししたら、お客さんの隣に坐らせていただきます。二人で、しんみりと酌《く》み交わしましょう」

「ママ、そんな大胆な発言をしちゃってもいいのかい？　奥にいる誰かさんの耳に届いたら、面倒なことになるよ」

白髪の先客が女将に低い声で言った。元演歌歌手が首を竦《すく》めた。

ゴメスと向かい合っている男が女将のパトロンなのだろう。

久世は曖昧《あいまい》に笑って、煙草を深く喫《す》いつけた。

女将が突き出しの小鉢《こばち》を久世の前に置き、そのあと熱燗も出された。久世は盃《さかずき》で純米吟醸酒を受け、箸《はし》を手に取った。

「わたし、売れない洋画家なんですよ。あなたも、ただのサラリーマンには見えないな」

先客が言った。

「わたしは、売れないフリーライターです。面倒見のいい女に甘えてたんですが、とうとう今夜、逃げられてしまいました」

「相手の母性本能をくすぐることを怠《おこた》るようになったんでしょ？　わたしなんか事業をやってる女房を上手に操縦して、喰《く》わせてもらってるんです。家事は率先《そっせん》してやってますし、妻が帰宅したら、肩を揉んでやるんですよ。仕事の愚痴《ぐち》も聞いてやります。おかげで、のんびりと好きな絵を描かせてもらってますよ」

「そうですか」

「甲斐性《かいしょう》のない男は、パートナーにとことん奉仕しないとね。六十過ぎても、夜のお勤めはちゃんとこなしてるんだ」

「それは立派だな。わたしは少しわがまますぎたんですかね?」

「多分、そうなんでしょう」

「あなたに弟子入りして、新しいスポンサーを探すかな」

久世は軽口をたたいて、盃を重ねた。

女将は久世の酒肴《しゅこう》を並べると、ゴメスたちの席に歩み寄った。

「奥にいる日本人は、堅気じゃないんでしょ?」

久世は上体を傾け、白髪の男に小声で訊《き》いた。

「わかっちゃうよね。あなたの推察通りです」

「稲森会か、住川会の幹部なのかな?」

「いや、ママのパトロンは関東桜仁会の理事で、相馬《そうま》組の組長ですよ。確か相馬組は二次団体だったな」

「組長の姓は相馬さんなんですか?」

「そう。相馬弓彦《ゆみひこ》って名で、四十九のはずですよ。組長は俠気《おとこぎ》があって、堅気には迷惑かけたりしないんだ。だから、恭子《きょうこ》ママが相馬さんに惚《ほ》れちゃったんだろうね」

「若月笑美子さんの本名は、恭子さんなんだ」

「うん、真山《まやま》恭子だよ。相馬さんが歌謡ショーの興行を手がけたとき、ママと親しくなったみたいだね」

「当然、組長は妻子持ちなんでしょ？」

「そう。でも、二人は心底、好き合ってるみたいだよ」

「そうなんですか。それじゃ、ママを目当てにこの店に通っても無駄だな」

「ママにちょっかい出したら、あなた、生きたまま生《なま》コンで固められちゃうかもしれませんよ」

「それは困るな。ママのパトロンと一緒にいる外国人は？」

「よく知らないが、コロンビア人らしいよ。相馬さんと何か一緒にビジネスをやってるみたいだね」

「どんなビジネスをやってるんだろうか」

「組長はコロンビアから、カカオでも輸入してるのかもしれないね。最近は組関係の連中も、正業に力を入れるようになってるようですから」

「まともなビジネスじゃ、儲けが少ないでしょ？　何かダーティー・ビジネスをやってるんじゃないのかな」

「あなた、ただのフリーライターじゃなさそうだね」

先客が警戒心を露《あらわ》にし、口を噤《つぐ》んだ。

もう少し経《た》ったら、店を出よう。

久世は、皮剝《かわは》ぎの肝和《きもあ》えに箸を伸ばした。

4

顔面に当たる雪が冷たい。

久世は厚手のチノクロスパンツのポケットに両手を突っ込み、足踏みをしはじめた。

『泪橋』の斜め前だ。あと数分で、午前零時になる。

日付が変わる直前、店から白髪の先客が出てきた。

洋画家と称した六十男は女将に冗談を言って、花道通りに向かって歩きはじめた。千鳥足だった。表通りでタクシーを拾うつもりなのだろう。

女将の恭子が店の中に引っ込んだ。

ゴメスと相馬は、まだ小上がりで酒を飲んでいる。久世は、先にゴメスを締め上げる気になっていた。

ゴメスが『泪橋』から現われたのは、数十分後だった。

ラテンパブのオーナーは、さほど酔ってはいない様子だ。見送りの女将に日本語で礼を言い、引き戸を自分で閉めた。

久世は変装用の黒縁眼鏡を外し、前髪を掻き上げた。

そのとき、ゴメスが傘を勢いよく開いた。すぐにコロンビア人は雪道をたどりはじめた。大久保方面だった。自分の店に引き返すのだろう。

久世は足音を殺しながら、ゴメスを尾《つ》けはじめた。三十メートルは離れている。

ゴメスは裏通りを進み、大久保公園に差しかかった。久世は小走りに駆け、ゴメスを追い抜いた。

ゴメスが驚いて立ち止まった。久世はゆっくりと振り向いた。

「おれのことを憶《おぼ》えてるか？」

「あなた、警察の人ね。そう、刑事でしょ？」

「そうだ。しがない刑事で、いつも貧乏してる。そこで、ちょっと内職したくなったんだ。ゴメスの旦那《だんな》、おれにも〝パラダイス〟の密売を手伝わせてくれよ。一錠に付き二百円払ってくれるんだってな？」

「あなた、なんの話してる!?　わたし、さっぱりわからない」

「いまさら空とぼけたって、無駄だよ。そっちが新麻薬の密売を手がけてることはわかってるんだっ」

「わたし、何も悪いことはしてない。『エルドラド』の経営をしてるだけね。真面目に生きてるよ」

「よく言うぜ。あんたの店では非合法の賭け事が行われて、各種の麻薬も売られてる。それから、あんたはボリビア人娼婦も客に紹介してるよな?」

「どれも誤解ね。わたし、いけないことは何もしてないよ」

ゴメスがそう言い、久世を押し除《の》けた。

「公務執行妨害だな」

「わたし、乱暴なことはしなかった。路《みち》をあけてもらいたかっただけね」

「ふざけるな」

久世はことさら声を張り、拳《こぶし》を固めた。すると、ゴメスが前蹴りを放った。久世は、わざと避《よ》けなかった。

ゴメスの靴の先が向こう臑《ずね》に当たった。久世はにっと笑って、ゴメスの利き腕を捩《ねじ》上げた。ゴメスが前屈《まえかが》みになって、痛みを訴えた。

「公務執行妨害罪で現行犯逮捕する」

久世は告げて、ゴメスに後ろ手錠を打った。

「あなた、汚い。わたしをわざと怒らせた。それ、フェアじゃないね」

「おれが蹴られたことは事実なんだ。公務執行妨害罪は成立するんだよ」

「あなた、わたしを嵌《は》めた。それ、よくないことね」

「とりあえず、職務質問させてもらう」

「いやだ。手錠を外して」

ゴメスが全身でもがいた。

久世はゴメスの尻《しり》を右の膝頭《ひざがしら》で蹴り上げ、大久保公園まで歩かせた。

細長い公園には、まったく人影はなかった。晴れた夜なら、たいていホームレスやオカマがひとりや二人はいる。

久世はゴメスを太い樹木の前まで押しやった。立ち止まるなり、ゴメスの前頭部を樹幹《じゅかん》に力任せに打ちつけた。

ゴメスが長く唸《うな》ってから、腹立たしげに喚《わめ》いた。

「こんなこと、赦《ゆる》されないね。あなた、どうかしてるよ。ポリスマンがやることじゃない」

「おれは優等生じゃないんだよ。狡《ずる》い犯罪者には法律は無力だからな。だから、おれのやり方で取り調べをさせてもらうぜ」

「それ、よくないこと。日本は法治国家ね。法律は破っちゃいけない」

「一般市民には手荒なことはしないさ。しかし、不良外国人は別だ」

久世は、ふたたびゴメスの頭を樹木の幹《みき》にぶつけた。

ゴメスが呻いて、膝から崩れた。

「〝パラダイス〟を日本に持ち込んで、関東桜仁会相馬組に流してるな？」

「相馬組？」

「白々しいぜ。さっき、おれも『泪橋』のカウンター席にいたんだ。そっちは奥の小上がりで、組長の相馬と何やら密談してた。この目で見たんだよ」

「大久保の店から、わたしを尾行してたのか!?」

「そうだ。もう観念しろ」

「相馬さんは、ただの飲み友達ね。『泪橋』では世間話をしてただけ。ドラッグの話なんかしてない」

「世話を焼かせやがる」

久世は言いざま、ゴメスの脇腹を蹴り上げた。ゴメスが横倒れに転がり、体をくの字に折った。

久世はしゃがんで、ゴメスのコートや上着のポケットをことごとく探《さぐ》った。〝パラダイス〟のサンプルぐらいは持っているかもしれないと思ったのだが、その勘は外れた。ゴメスは刃物も拳銃も所持していなかった。

「肩の関節を外して、両脚の骨を折ったら、そっちはここで凍死するな」

「そ、そんなこと……」

「拳銃が暴発したことにして、いっそ頭《ベテン》を撃ち抜いてやってもいいな」

「わたしの話を信じて」

「おれは、悪人の言葉は信じない主義なんだよ」

「わたしをどうするつもりなんだ？」

「口を割る気がないんだったら、死んでもらうことになるな」

「拳銃《ハンドガン》でシュートする気なのか⁉」

「それじゃ、後味《あとあじ》が悪いよな。あんたの顎の関節を外して、太い樹木に縛りつけるよ。そうすれば、そっちは朝までに確実に凍え死ぬだろうからな」

「南米育ちのわたしは、寒さに弱いんだ。一、二時間《ここ》で死んでしまうよ」

「そうなら、あまり苦しまなくても天国、いや、地獄に行けるだろう」

「わたし、まだ死にたくない。どうか勘弁して」

「死にたくなかったら、白状するんだな」

久世は半歩退《さ》がって、ゴメスの腰を強く蹴った。ゴメスの体が半分ほど回転した。

「いい加減に諦めろ！」

「わたし、知り合いのコロンビア人の手伝いをしてるだけ。〝パラダイス〟のブローカーじゃないよ」

「その知り合いは？」

「ミゲルという名で、昔のわたしの兄貴分ね。わたしとミゲル、コロンビアにいたころ、最大組織のメンバーだった。けど、そのシンジケートはもうない。警察に潰《つぶ》されたね」

「ミゲルは日本にいるのか？」

「四年前から百人町のマンションに住んでる。もう五十一だけど、ミゲルは腕力があるね。それで、日本に住んでるコロンビア人たちをまとめてる。早い話がボスね」

「そのミゲルが〝パラダイス〟の密売を仕切ってるのか？」

久世は畳みかけた。

「そのあたりのこと、よくわからない。わたしはミゲルに頼まれて、日本のやくざ《ギャングスター》に橋渡ししただけ。以前、わたし、相馬さんにコカインを少し売ったことある。それで、〝パラダイス〟のことを相馬組長に話したね」

「相馬は興味を示して、新麻薬を大量に買い付けたいって言ったんだな？」

「そう、そうね。ミゲルは相馬組にもう五万錠ほど売った。わたしも〝パラダイス〟をミゲルから一錠三百円で分けてもらって、歌舞伎町にいるオーバーステイしてる中国人に売らせてる。一錠千五百円ね。小口密売人に一錠二百円の手数料払ってる」

「一錠千円の儲けだな。ボロい商売じゃないか」

「でも、最近は売れ行きが悪くなってる。ＬＳＤが混ざってるから、幻覚作用が強いね。それで、事件起こす者が増えた。わたし、小口密売人を見つけるのに苦労してるよ」

「いま現在、在庫は？」

「九千錠ぐらいはある」

「『エルドラド』に隠してあるのか？」

「それ、危険ね。だから、わたし、〝パラダイス〟を知ってる男に預かってもらってる。もちろん、保管料を払ってね」

「〝パラダイス〟は、コロンビアのどこかで密造されてるのか？」

「それ、違う。コロンビアでは、LSD、たくさん入手できない。別の国で密造されてるはずだけど、ミゲル、そのことを絶対に教えてくれないね。しつこく訊《き》くと、彼、ものすごく怒る。だから、わたし、何回も質問できなかった」

「まさか日本国内で〝パラダイス〟が密造されてるんじゃないだろうな?」

「それ、違うと思う。ミゲル、品物《ブツ》は国外から輸入品に紛《まぎ》れ込ませて持ち込んでると言ってた。でも、その国はわからないね」

ゴメスがそう言い、身を起こそうとした。

しかし、自分では起き上がれなかった。久世はゴメスを掴み上げた。

「優しいとこもあるね、あなた」

「油断してると、また痛い目に遭《あ》うぞ」

「もう荒っぽいことはしないで」

「魚住由華という名に聞き覚えはないか?」

「その名前、初めて聞いた。どういう女性なのか、教えてほしいね」

「知らなきゃ、それでいいんだ」

「その女の人、あなたにとって大切な人間みたいね」

「まあな。それより、ミゲルという奴は独《ひと》りで百人町のマンションに住んでるのか？」

「ミゲルは、元ダンサーのエスメラルダという若い女と暮らしてる。彼女は二十四、五で、女優みたいに美しい。セクシーでもあるね。ミゲルもハンサムな五十男だから、とっても女にモテる」

「これから、ミゲルのマンションにおれを連れていけ」

「あなたをマンションに案内してもいい。けど、ミゲルの部屋には入りたくないよ。それでも、オーケー？」

「それは成りゆき次第だな」

「わたし、逃げないよ。だから、手錠を外してほしいね」

ゴメスが言って、後ろ向きになった。

久世は少し迷ったが、手錠を解《と》いた。手錠を腰の革ケースに収《おさ》め、ゴメスのベルトを摑む。

二人は大久保公園を出て、職安通りを渡った。ミゲルのマンションは、西武新宿線の線路沿いにあった。

八階建ての古い賃貸マンションだった。玄関はオートロック・システムにはなっていなかった。管理人室も見当たらない。

「ミゲルの部屋は何号室なんだ？」

「四〇七号室ね。それ、間違ってない。わたし、もう帰りたいよ」

「おれがミゲルの部屋に入るまで、あんたにはつき合ってもらう」

「わたし、ミゲルが怕《こわ》いよ。彼の部屋にポリスマンを案内したことが知れたら、わたし、リンチされる。ミゲルはコロンビアにいたとき、ヘマをした弟分の喉《のど》をナイフで掻《か》っ切ったり、ペニスを切断した。怒ると、彼はすごく凶暴になるね。日本でも、同じ国の街娼を殺したことがある」

「女も殺したって？」

「そう。殺された娼婦、新入りの女の子に意地悪して何日も客を取らせなかった。売春婦たちを管理してるミゲルはベテランの売れっ子の大事なとこに電球を突っ込んで、蹴りまくった。その女は出血多量で死んじゃったよ。死体は秩父《ちちぶ》の山の中に棄《す》てられて、半月後に発見されたね」

「そういえば、そんな事件があったな」

「わたし、ミゲルを怒らせたくない」

「とにかく四階に上がって、部屋のインターフォンを鳴らせ。それで、もっともらしいことを言って、部屋のドアを開けさせるんだ」

「それ、しなかったら？」

「そっちを連行する」

「仕方ないね。わたし、あなたに協力するよ」

ゴメスが溜息《ためいき》混《ま》じりに言った。

久世はゴメスの背を押し、マンションのエントランスロビーに足を踏み入れた。無人だった。

二人はエレベーターで四階に上がった。

函《ケージ》を出ると、久世はゴメスに顔を向けた。

「ミゲルの同棲相手は正規に入国したのか？」

「エスメラルダは興行ビザで入国したね。でも、とっくに滞在期限は過ぎてるはず」

「オーバーステイなら、都合がいい」

「それ、どういう意味？」

「こっちの話さ」

「そう」

ゴメスが肩を竦《すく》めた。

久世はゴメスの片腕を掴み、四〇七号室の前まで進ませた。

「わたし、体が震えてきたよ。ミゲルの怒った顔、想像できる。帰りたいね」

「もう肚《はら》を括《くく》れ」

「その日本語の意味、よくわからない。教えて」

「覚悟を決めろってことさ」

「それなら、わかるね」

「インターフォンを鳴らせ」

「わたし、恐ろしいよ」

ゴメスがぼやきながらも、インターフォンを鳴らした。久世は死角に移動した。

ややあって、女の声で応答があった。訛《なまり》の強い日本語だった。エスメラルダだろう。

ゴメスが早口のスペイン語で何か言った。相手の女も母国語を使った。

日本語で遣《や》り取りをさせるべきだったか。

久世は少し後悔した。仮にゴメスが相手に危険が迫ったことを教えたとしても、自分にはわからない。迂闊《うかつ》だった。

応答が途切《とぎ》れた。

「エスメラルダの話だと、まだミゲルは帰宅してないらしい。どうする?」

「ミゲルに渡してほしい物があるからと偽《いつわ》って、エスメラルダに玄関のドアを開けさせろ」

「わかった、オーケーね」

ゴメスが小声で言い、ふたたび母国語を喋った。エスメラルダがスペイン語で短く応じた。

「いま、ドアを開けると言った」

「ご苦労さん！」

久世は素早くゴメスの背後に回り込み、ベルトをしっかりと摑んだ。

象牙色《ぞうげいろ》のドアが開けられた。久世はゴメスを玄関に押し入れ、自分も三和土《たたき》に滑り込んだ。

「あなた、誰なの!?」

玄関ホールに立った外国人女性が驚きの声をあげた。二十代の半《なか》ばで、目鼻立ちが整っている。長いストレートヘアは栗色《くりいろ》だ。

「警察の者だ。エスメラルダだね？」

「ええ、そう」

「東京入管の職員を呼ばれたくなかったら、おとなしくしてるんだな」

「わたし、オーバーステイだけど、ほかに悪いことはしてない。それ、ほんとよ」

「あんたのパートナーのミゲルに用があるんだ。ちょっと上がらせてもらうぞ」

「彼、何をしたの？」

「とにかく、お邪魔する」

久世はエスメラルダに言って、ゴメスに靴を脱がせた。

「もう自由にしてほしいね。わたし、ミゲルと顔を合わせたくない」

「そう言わずに、もうしばらくつき合えよ」

「ああ、最悪ね。わたし、ツイてない。これで、ドラッグビジネスはできなくなるよ。ミゲルに殺されるかもしれないね」

ゴメスが嘆いて、玄関ホールに上がった。久世は急いで靴を脱いだ。

エスメラルダはすでに短い廊下の向こうにある居間にいた。間取りは２ＬＤＫだった。

久世はゴメスをフローリングの床に腹這《はらば》いにさせてから、セーター姿のエスメラルダをリビングソファに坐らせた。自分は立ったままだった。

「ね、ミゲルは何をしたの？」

「〝パラダイス〟という新麻薬の密売容疑がかかってるんだ」

「嘘でしょ!?　彼は、もうドラッグビジネスはやってないと言ってた。ミゲルは、このわたしを騙《だま》してた？」

「おそらく、そうなんだろう」

「嘘つき男が！」

「ミゲルは、いま、どこにいるんだ？」

「知らないわ、わたし」

エスメラルダが首を横に振った。久世は、エスメラルダの円《つぶ》らな瞳を見据《みす》えた。彼女は視線を逸《そ》らさなかった。

人間は心に疚《やま》しさがあると、他者と目を合わせたがらない。エスメラルダは、少しも後ろめたさは感じていないようだ。

「いつも帰りは遅いのか？」

「朝帰りすることもあるわ。ミゲルは女好きだから、ひとりの女じゃ満足できないみたいなの」

「若いながらも、人生を達観《たっかん》してるんだな」

「難しい言葉は、わたし、わからない」

「ミゲルが浮気してても、それほど気にならないんだ？」

「さんざん泣かされたよ、わたし。だから、だんだん勁《つよ》くなったたね」

「なるほどな。携帯電話、持ってるんだろ?」

「これがわたしのスマートフォンね」

エスメラルダがコーヒーテーブルの上から、パーリーピンクのスマートフォンを摑み上げた。

「ミゲルの携帯を鳴らしたら、すぐおれに電話を渡してくれ」

久世は言った。

エスメラルダが無言でうなずき、短縮キーを押した。彼女はスペイン語で短い会話を交わし、黙ってスマートフォンを差し出した。

久世はスマートフォンを耳に当てた。

「ミゲルだな?」

「そうね。おまえ、何者?」

拙《つたな》い日本語だった。

「警視庁の者だ。エスメラルダをコロンビアに強制送還されたくなかったら、すぐ百人町の自宅に戻って来い」

「わたしにどんな用がある? それ、教えてほしいね」

「直《じか》に会ってから、用件を話すよ。それよりも、どこにいるんだ?」

「いま、六本木にいるね」

「午前一時半までに戻ってくるんだ。逃げたら、もうエスメラルダに会えないぞ」

「わたし、警察に追われるようなことはしてないよ」

「いいから、こっちに戻って来い。わかったな！」

久世は終了キーを押し、スマートフォンをエスメラルダに返した。

「ミゲルが帰ってこなかったら、わたし、コロンビアに送り返されちゃうの？　コロンビアに戻ったら、また貧しい生活をしなくちゃならない。わたし、日本が大好き。ずっとこの国にいたいね」

「そうか」

「わたしのオーバーステイに目をつぶってくれたら、あなたに何かお礼する。お金が欲しいんだったら……」

「おい、おい！　おれは現職の刑事だぜ」

「お金を貰うわけにはいかない？」

「ああ」

「それなら、わたしの体を自由にしてもいいわ。ミゲルは、わたし以外の女たちと遊んでるんだから、文句なんて言わせない」

「強《したた》かだな」

「あなたの情婦《おんな》になってもいいよ。その代わり、ミゲルはコロンビアに強制送還しちゃって。彼、執念深い性格だから、日本にいたら、殺されちゃうかもしれないもん。わたし、まだ死にたくない。だって、あなたのことをもっとよく知りたいから」

エスメラルダが艶然《えんぜん》と笑った。

久世はリビングソファに腰かけ、上着のポケットから煙草とライターを取り出した。

第二章　怪しい不法残留者たち

1

午前一時を過ぎた。

久世は喫《す》いさしのセブンスターの火を消して、エスメラルダに目を向けた。

「長い電気コードか、麻縄はあるか？」

「どっちもない」

「粘着テープは？」

「それなら、あるね」

「取ってきてくれ」

「オーケー」

エスメラルダがソファから立ち上がって、ダイニングキッチンに足を向けた。

「わたし、ミゲルが帰ってくる前に消えたい」

床に俯《うつぶ》せになったまま、ゴメスが言った。切迫《せっぱく》した声だった。

「悪いが、まだ解放はできない。そっちを自由にしたら、ミゲルに連絡を取る可能性もあるからな」

「わたし、そんなことしないよ。そんなことしたら、ミゲルを警察に売ったことがバレちゃうね」

「ミゲルに何も言わなかったとしても、相馬組に駆け込むとも考えられる。だから、おれがここから出ていくまで、便座に腰かけててくれ」

久世は取り合わなかった。

エスメラルダが戻ってきた。久世は粘着テープを受け取ると、ゴメスを立ち上がらせた。手洗いに押し込み、両手足の自由を奪う。口許も粘着テープで塞《ふさ》いだ。

トイレのドアを閉め、すぐさま居間に引き返す。

「エスメラルダ、ランジェリーだけになってくれ」

「ミゲルにわたしを抱いてるとこ、見せつける。そうね？」

「そうじゃない。いいから、早く言われた通りにしてくれ」

「オーケーね」

エスメラルダが手早くベージュのセーターとジーンズを脱いだ。ブラジャーとパンティーは黒だった。そのせいか、色の白さが際立《きわだ》って見える。

「その上にガウンか、コートを羽織《はお》ってくれ」

久世は言った。

「あなた、何考えてる？　わたし、よくわからないよ」

「ミゲルが拳銃を隠し持ってるかもしれないからな。それから単身じゃなく、助《すけ》っ人《と》と一緒にやってくるとも考えられる」

「だから？」

「部屋の外で待ち伏せするのさ」

「あなた、頭いいね。男は、やっぱり頭がシャープじゃないと、カッコよくない。ちょっと待ってて」

エスメラルダが寝室に走り入った。待つほどもなく彼女は居間に戻ってきた。ペイズリー模様のニットガウンを着込んでいた。

久世は、エスメラルダを四〇七号室から歩廊《ほろう》に連れ出した。右手の非常口の手前の階段の昇降口《しょうこうぐち》が見える。階段室の部分は、歩廊からは見えない。

久世はエスメラルダとともに、死角になる場所に身を潜《ひそ》めた。

「わたしまで部屋から連れ出したのは、どうして？　それ、わからない」

エスメラルダが小首を傾《かし》げた。

「そっちは弾除《たまよ》けさ。ミゲルがいきなり発砲してくるかもしれないからな」

「あなた、悪知恵も発達してる」

「怒らないのか？」

「男は悪党の要素がないと、なんかつまらないね」

「さばけてるんだな」

「でも、あなたは女をみすみす殺させるようなタイプじゃない。そうでしょ？」

「さあ、それはどうかな。誰だって、わが身が一番かわいいもんさ」

「でも、あなたは卑怯《ひきょう》なことはしない。わたし、いろんな男とつき合ってきたから、それぐらいのことはわかるわ」

「過大評価されても困るな」

久世は苦く笑った。

エレベーターホールから靴音が響いてきたのは、一時二十分過ぎだった。足音は一つではなかった。

久世は壁の陰から歩廊を覗いた。ヒスパニック系の顔立ちの男が二人歩いてくる。片方は五十年配の色男だ。連れは三十代前半で、凶暴な顔つきをしていた。

「ミゲルの横にいる男は何者なんだ?」

久世は首を引っ込め、エスメラルダに歩廊をうかがわせた。

「あいつはパブロよ。ミゲルの子分のひとりね」

「やっぱり、ミゲルは番犬を連れてきたな。おれを始末する気でいるんだろう」

「わたしには、それ、わからない」

エスメラルダは賢《かしこ》い答え方をした。久世は口の端を歪《ゆが》め、ショルダーホルスターからシグ・ザウエルP230J《ジェイ》を引き抜いた。自動拳銃だ。

刑事の多くは制服警官と同じようにS&W《スミスウエッソン》のM360J、通称SAKURA《サクラ》を使っている。リボルバーは暴発することが少ないからだ。だが、潜入捜査を手がけている久世は自動拳銃を携行していた。

手早くスライドを滑らせ、初弾を薬室《やくしつ》に送り込む。後《あと》は引き金を絞れば、銃弾が飛び出す。

「妙な気を起こさなければ、そっちを撃ったりしないよ」

久世は低く言って、エスメラルダの脇腹に銃口を突きつけた。エスメラルダは驚いた様子だったが、別に怯《おび》えたりしなかった。

ミゲルたち二人が四〇七号室の前に立った。パブロが黒革のハーフコートの下に右手を潜《もぐ》らせた。拳銃の銃把《グリップ》を握ったのだろう。

ミゲルがツイード地のロングコートのポケットから、キーホルダーを抓《つま》み出した。鍵穴にキーを挿《さ》し込む前に、彼はノブに手を掛けた。

ノブは回った。ミゲルはパブロに目で合図を送り、ドアを大きく開けた。パブロがリボルバーを握り、先に室内に躍《おど》り込んだ。ミゲルが後につづいた。

「部屋に戻るんだ」

久世は、エスメラルダの背を押した。二人は足早に歩き、四〇七号室に入った。居間に進むと、ミゲルしかいなかった。

「パブロはどこにいる？」

久世はエスメラルダの側頭部に銃口を密着させ、突っ立っているミゲルに声をかけた。ミゲルが寝室を指さした。

そのすぐ後、パブロがベッドルームから飛び出してきた。

手にしているのは、ブラジル製のロッシー971だった。ステンレス製の六連発リボルバーだ。ダブルアクションである。

「ミゲルの彼女の頭を撃ち抜かれたくなかったら、輪胴《シリンダー》の弾《たま》を床にばらまけ」

久世はパブロに命じた。

パブロがミゲルに目顔《めがお》で指示を仰《あお》ぐ。ミゲルが両腕を大きく拡《ひろ》げた。パブロが母国語で何か悪態《あくたい》をつき、手首のスナップを利かせた。

蓮根《れんこん》に似た弾倉が左横に振り出され、六発のスペシャル弾がパブロの足許に落とされた。リボルバーは、後方に投げ捨てられた。

久世はエスメラルダの右肩を押しやり、ミゲルに近づいた。すぐに体を探《さぐ》る。ミゲルは何も武器を所持してなかった。

「おれを手下に殺《や》らせる気だったんだなっ」

久世はミゲルを睨《にら》みつけた。

「あんたを買収できなかったら、そのつもりだったね。コロンビアのお巡りはたいがい金で目をつぶってくれる。そのほか女や新車を欲しがる奴もいるがね。数は少ないが、絶対に買収できない警官もいる。そのときは死んでもらうほかないね」

「屑《くず》だな、おまえは。ドラッグカクテルの〝パラダイス〟の元締めは、そっちなんだなっ」

「わたしは関係ない。なぜ、わたしを疑う？」

「ラテンパブをやってるゴメスが吐いたんだよ」

「ゴメスは嘘つきで有名ね。自分で悪いことをやっていながら、たいてい他人《ひと》のせいにしてる。あの男の話を信じたら、あなた、恥をかくよ。それでもいい？」

ミゲルが余裕たっぷりに言った。

久世は拳銃で威嚇《いかく》しながら、エスメラルダのガウンを剥《は》いだ。ランジェリー姿の愛人を見て、ミゲルが目を剝《む》いた。パブロも驚きの声を洩《も》らした。

「あなた、エスメラルダを犯したのか？」

ミゲルが上擦《うわず》った声で訊《き》いた。

「おれは指一本触《ふ》れちゃいない」

「それ、間違いないな？」

「疑ってるんだったら、エスメラルダの股ぐらに鼻を近づけてみろ」

「わかった。何もしなかったようね」

「そっちは図太いな」

久世はエスメラルダを横にのけ、ミゲルの股間を蹴った。ミゲルが呻《うめ》いて、床に頽《くずお》れる。

久世は今度は相手の鳩尾《みぞおち》に蹴りを入れた。ミゲルが仰向《あおむ》けに引っくり返る。

パブロがいきり立ち、挑《いど》みかかってくる素振りを見せた。

久世は踏み込んで、パブロに横蹴りを見舞った。パブロは突風に煽《あお》られたように大きくよろけ、寝室のドアに頭を打ちつけた。

久世は屈《かが》んで、シグ・ザウエルP230Jの銃口をミゲルの眉間《みけん》に押し当てた。

「おれは違法捜査も厭《いと》わない。なかなか口を割らない犯罪者どもには容赦《ようしゃ》なく銃弾を浴びせてきたんだ。こっちを甘く見てると、救急車の世話になるぞ」

「凄《すご》まれても、わたし、平気ね。ゴメスが喋ったことは全部、でたらめよ。あいつはわたしを悪人にして、日本にいるコロンビア人たちのボスになりたいと思ってる。わたし、若くて美しいエスメラルダを手に入れた。ゴメスの奴、それが、面白くないね。ジェラシーを感じてる。だから、わたしを蹴落《けお》としたいんだよ。そうに決まってる」

「嘘つきは、どっちなのかな」

「あなた、何か企《たくら》んでる。そうね？」

ミゲルの表情が険《けわ》しくなった。

エスメラルダには気の毒だが、ちょっと協力してもらおう。

久世は立ち上がって、パブロに歩み寄った。パブロが肘《ひじ》を使い、半身を起こした。

「おまえ、さっきから下着姿のエスメラルダをちらちらと見てるな。彼女を抱きたいと思ってるんだろ？　だったら、ミゲルの前でエスメラルダを姦《や》っちまえよ」

「兄貴の情婦《おんな》をレイプなんかできない。おれは、ミゲルの兄貴にいろいろ世話になってるんだ」

「おれの言うことに逆《さか》らう気なら、そっちの頭をミンチにしちまうぞ」

「ほ、本気なのか!?」

「もちろんさ。どうする？　ミゲルに忠誠心を示して、若死にするか？」

「三十四で死んだら、コロンビアにいる親兄弟が悲しむね。それに、わたしもやりたいことがたくさんある」

「だったら、選択肢は一つしかないじゃないかっ」

「そうね。だけど、ミゲルの兄貴の気持ちを考えると、すぐには決断できないよ」

「優柔不断だな。おれは気が短いんだ。くたばれ！」

久世は右腕を長く伸ばし、拳銃の引き金に人さし指を深く絡《から》めた。

「やめろ、撃つな」

「エスメラルダをレイプする気になったらしいな？」

「ああ、まだ死にたくないからね」

パブロが立ち上がった。すると、エスメラルダがミゲルに取り縋《すが》った。

「わたし、パブロになんか抱かれたくない。ね、なんとか言ってよ」

「わかった、わかった」

ミゲルが愛人を執《と》り成《な》し、母国語でパブロに言い募《つの》った。パブロが困惑顔で何か言い訳した。スペイン語だった。

「二人とも日本語で喋るんだっ」

久世は怒《ど》鳴《な》った。すぐにミゲルが日本語に切り替えた。

「エスメラルダに手を出したら、おまえの喉を裂《さ》いて、ベロをネクタイみたいに垂れ下げてやる」

「兄貴、わかってください。命は一つしかないね。撃ち殺されたら、わたしの人生、もう終わり。兄貴は女にモテる。エスメラルダよりも、もっといい女、すぐ見つかるよ」

「それ、違う。エスメラルダ、ナンバーワンね。同じような女、どこにもいない。だから、レイプさせないね」

「兄貴、ごめんなさい」

パブロがエスメラルダを押し倒し、ブラジャーとパンティーを荒々しく剝《は》ぎ取った。

エスメラルダの乳房は豊満だった。ピンクの乳首は小さかった。乳暈《にゅううん》は大きく盛り上がっている。

逆三角形に繋った飾り毛は、黒々としていた。髪の毛は染めているにちがいない。

エスメラルダが母国語でパブロを詰《なじ》り、懸命に抗《あらが》った。

パブロはエスメラルダの両腕を床に押さえつけ、唇を重ねた。エスメラルダはパブロの舌の侵入を頑《かたく》なに拒《こば》んだ。

パブロは体の位置を下げ、エスメラルダの乳首を交互に口に含んだ。ミゲルがスペイン語でパブロを罵倒《ばとう》した。パブロはミゲルを黙殺し、エスメラルダの秘めやかな場所に顔を埋めた。エスメラルダは腰を左右に振って、必死に逃れようとしている。

パブロがエスメラルダの両脚をV字形に掬《すく》い上げ、狂おしく舌を閃《ひらめ》かせた。

少し経《た》つと、エスメラルダが喘《あえ》ぎはじめた。口唇愛撫《こうしんあいぶ》で官能が息吹《いぶ》いてしまったのだろう。

切なげな喘ぎ声は、ほどなく淫蕩《いんとう》な呻きに変わった。ミゲルが子分と愛人を交互に罵《のの》った。母国語混《ま》じりの日本語だった。

パブロが腰を浮かせ、スラックスとトランクスを膝の下まで押し下げた。猛《たけ》った性器は、角笛《つのぶえ》のように反《そ》り返っている。

そろそろエスメラルダの不安を取り除いてやろう。

久世はパブロをエスメラルダから引き離す気になった。

そのとき、エスメラルダがむっくりと起き上がった。彼女はパブロを押し倒し、すぐに昂《たか》まった男根《だんこん》に唇を被《かぶ》せた。

パブロがこころもち頭を浮かせ、好色そうな笑みをにじませた。

久世は意外な展開になったことに、少し戸惑《とまど》った。すぐにも二人を引き離さなければならない。どちらにともなく声をかけようとしたとき、不意にエスメラルダが顔を上げた。

彼女はせっかちにパブロの上に打ち跨《また》がると、そそり立ったペニスを自分の体内に収《おさ》めた。パブロが嬉しげに呻いた。

「おい、もうやめろ！　やめるんだっ」

久世はエスメラルダに言って、拳銃の銃口を向けた。

エスメラルダは幼女のように首を横に何度も振り、腰を弾《はず》ませはじめた。パブロがリズムを合わせて、下から腰を迫《せ》り上げる。

エスメラルダの乳房はゆさゆさと揺れつづけた。閉じた瞼《まぶた》の陰影《いんえい》が濃い。眉根《まゆね》は寄せられている。口は半開きだった。快感の証《あかし》だ。

「二人とも離れろ！」

久世は大声を張り上げた。

しかし、エスメラルダもパブロも結合を解《と》く素振りも見せない。久世は二人に近寄り、エスメラルダの半開きの口にシグ・ザウエルP230Jの銃身を突っ込んだ。

「離れないと、ぶっ放すぞ」

「………」

エスメラルダが返事の代わりに、銃身に舌を這《は》わせはじめた。目は閉じたままだ。

「まいったな」

久世はパブロの腰を蹴りつけた。

だが、パブロはいっこうに意に介さない。ワイルドに下腹部を突き上げている。

いつからか、接合部から湿った音が響くようになった。

ミゲルが何か怒声を発し、スラックスの裾《すそ》のあたりを探《さぐ》った。次の瞬間、彼はソックスの下から手裏剣《しゅりけん》のような細いナイフを抓《つま》み出した。

「ナイフを捨てろ」

久世はミゲルに言って、エスメラルダの口中から銃身を引き抜いた。

そのとき、ミゲルが体ごとエスメラルダにぶつかった。細身のナイフは、エスメラルダの心臓部に深々と埋まっていた。

エスメラルダが喉の奥を軋《きし》ませた。彼女はゆっくりと前屈みになった。

ミゲルは刃物を引き抜くと、パブロの左の眼球に突き立てた。水晶体が弾《はじ》け、鮮血があふれた。

刃先は脳まで達しているようだ。ミゲルは短く呻いたきり、まったく動かない。

エスメラルダがパブロの上にゆっくりと倒れた。それきり、身じろぎ一つしない。

二人とも、すでに絶《こと》切れているのだろう。

ミゲルが予想外な凶行に走るとは夢想さえしていなかった。久世は、自分の迂闊《うかつ》さを呪った。エスメラルダとパブロを死なせたことで、返せない借りをこしらえてしまった。気が重くなった。

「そこまでやることはなかっただろうが！」

久世はミゲルを床に組み伏せ、手早く後ろ手錠を掛けた。ミゲルは放心状態で、まったく抵抗しなかった。

久世は拳銃をホルスターに戻し、ミゲルの前に回り込んだ。

「オーバーステイの外国人受刑者が増えて、日本の刑務所は頭を抱えてるんだよ。五人収容の雑居房に七、八人も詰め込まれてるんだ。外国人の新入りは寝るスペースも与えてもらえないだろうな」

「コロンビアの刑務所よりも、それ、ひどいよ」

「そっちは刑務所で、いじめ抜かれるだろうな。自分の愛人と子分を刺殺したわけだからさ」

「悪いのは、エスメラルダとパブロね。二人は、わたしのプライドを傷つけた。殺されても、仕方ないよ」

「あんたは、もう若くない。そっちが〝パラダイス〟のことを正直に話してくれれば、愛人と子分を殺したことは見逃してやろう」

「それ、嘘じゃないね？」

ミゲルが目を輝かせた。

「ああ」

「わたし、逃げたいよ」

「だったら、裏取引しようじゃないか」

「オーケーね。わたし、コロンビアのボゴタにいる兄貴分のペドロ・サントスに頼まれて、〝パラダイス〟の荷受人になっただけ。それで、ゴメスに相馬組を紹介してもらったね。ドラッグの取引は、相馬さんとペドロが直《じか》にやってる。わたしはドラッグカクテルの荷を受け取って、連絡係のゴメスを相馬さんのとこに行かせてるだけ」

「密造者はペドロ・サントスなのか?」

「それ、わからないよ。ペドロの兄貴は何も教えてくれなかった。でも、多分、兄貴はパイプ役を務めてるだけだと思うね」

「そう思った理由は?」

「コロンビアで、大量にアンフェタミンやLSDを入手すること、簡単じゃない。難しいよ。だから、〝パラダイス〟は別の国で密造されて、いったんペドロの兄貴のとこに集められてるんだと思うね」

「ペドロは一般貨物に新麻薬を紛《まぎ》れ込ませて、コロンビアから船便で日本に送ってるんだな?」

「そうね、ビタミン剤やカカオの中に上手に隠して。船荷は横浜、名古屋、神戸なんかの港に着く。わたしはペドロ・サントスに指示されて、パブロたち子分に荷物を受け取らせに行かせてたね。〝パラダイス〟を相馬組に届けてたのは、ゴメスだったよ」

「そうか」

「わたし、知ってることは何もかも喋ったね。早く手錠外して。偽造パスポートを手に入れたら、すぐベネズエラかチリに逃げる」

「甘いな」

「それ、どういう意味？」

「まんまと嘘に引っかかったな。そっちと司法取引する気なんか最初っからなかったんだ」

「おまえ、わたしを騙《だま》したか⁉」

「悪党にしちゃ、抜けてるな」

久世は嘲笑し、懐から刑事用携帯電話を取り出した。ミゲルが歯嚙みした。

事件の通報をしたら、ひとまずゴメスは泳がせよう。

久世は数字キーを押しはじめた。

2

ランチセットを食べ終えた。

久世はハンカチで口許を拭《ぬぐ》った。警視庁本部庁舎の一階にある大食堂だ。

午後二時過ぎとあって、人影は少ない。

久世は登庁するなり、食堂に入った。ここで、早瀬課長と落ち合うことになっていた。

一一〇番通報をしたのは、午前二時過ぎだった。ゴメスを解き放って間もなく、本庁機動捜査隊の捜査員たちが臨場《りんじょう》した。

久世はミゲルを逮捕するまでの経過を詳しく伝えた。だが、新麻薬の潜入捜査をしていることは最小限しか明かさなかった。事情聴取中に、所轄署の新宿署の刑事たちが駆けつけた。検視官や鑑識課員もやってきた。真っ先に鑑識作業が行われた。

久世は現場検証が済むまで、事件現場に留《とど》まった。笹塚にある自宅マンションに戻ったのは、明け方だった。

間取りは1LDKだ。久世はすぐにベッドに潜《もぐ》り込んだ。

目を覚ましたのは、午前十一時過ぎだった。

久世は一服すると、課長の早瀬に殺人事件のことを報告した。そのあと風呂に入ってから、職場に顔を出したのである。

早瀬課長が洋盆《トレイ》を両手で持ち、摺《す》り足で近づいてきた。トレイには、二つのコーヒーカップが載《の》っていた。

久世は目礼した。課長が小さくうなずき、向かい合う位置に坐る。コーヒーカップの一つを久世の前に置いた。

「きみの分だ。官費《かんぴ》じゃないぞ。わたしの奢《おご》りだよ」

「いただきます」

「ああ。そうそう、少し前に新宿署の刑事課から電話があったよ。ミゲルは愛人のエスメラルダと子分のパブロを刺し殺したことをあっさり認めたそうだ」

「そうですか」

「しかし、新麻薬にはまったく関与してないと言い張ってるらしい。きみの話は全面的に否認してるというんだよ」

「ミゲルは、ペドロ・サントスか相馬の報復を恐れたんでしょう」

「多分、そうなんだろうな。供述を翻《ひるがえ》したことは腹立たしいが、きみにとっては捜査がやりやすくなったはずだ」

「ええ、そうですね。新宿署が〝パラダイス〟の密売ルートを先に突きとめたりしたら、こっちの立場がありませんから」

久世は言って、ブラックでコーヒーを啜《すす》った。

「ああ、そうだね。ついでに話しておこう。今回の事件《ヤマ》では、捜一《そういち》は新宿署に捜査本部《チョウバ》を立てないことが決まったそうだ。事件通報者が久世君だったし、ミゲルも殺人罪については全面的に認めてるからね」

「ええ」

「それから、秋山をゴメスに張りつかせたよ。ゴメスは単なるミゲルの使いっ走りだったんだろうが、もう少しマークしたほうがいいと思ったんだ。そのうちゴメスは新宿から消えるかもしれないが、ミゲルが逮捕されたわけだから、すぐには姿をくらまさないだろう」

早瀬がシュガースティックの袋を破り、半分ほどコーヒーに砂糖を落とした。ミルクは入れなかった。一年あまり前から血糖値《けっとうち》が高いとかで、糖分を控えている。

「秋山はゴメスの自宅マンションを張り込んでるんですね？」

「ああ、大久保二丁目のマンション前でね。何か動きがあったら、きみに連絡するよう指示してある」

「そうですか」

「何か不服そうだな。秋山はまだ駆け出しだから、頼りにならないか？」

「というより、ちょっと危険ですよね。ゴメスは、ただの不法滞在者じゃないんです。母国では巨大犯罪組織の一員でしたし、日本に来てからも非合法ビジネスをやってたんです。ゴメスが秋山の張り込みに気づいたら……」

「秋山は危ない目に遭《あ》うかもしれない？」

「ええ、そうですね」

「それに、足手まといになると言いたいんだろう？」

「正直に言えば、そうですね」

「確かに秋山は、まだ危なっかしい。しかし、彼は久世君を目標にして頑張ってるんだ。捜査のことをいろいろ教えてやってくれないか」

「こっちに教えられることなんかありませんよ。だいたい刑事は職人と同じで、先輩たちの技《わざ》を見て盗むもんでしょ？」

「それはそうなんだがね」

「課長は何か秋山に弱みを握られてるのかな？」

「えっ!?」

「冗談ですよ。秋山は悪擦《わるず》れしてないから、かわいいんでしょうね？」

「それは否定しないよ」

早瀬が笑顔で言い、コーヒーカップを口に運んだ。

「話を元に戻しますが、ペドロ・サントスのことを国際刑事警察機構《ICPO》を通じて調べていただけました？」

「抜かりはないよ。ペドロ・サントスは現在、四十九歳で、コロンビア第二の都市メデジン市出身だ。裕福な貿易商の家庭で甘やかされて育ったせいか、十代の半《なか》ばには札つきの不良少年になってた。学校でコカインを級友たちに売りつけ、十六歳で上級生をピストルで撃って大怪我させて、少年院に入れられてる」

「メデジンといえば、コカインの巨大密売組織の本拠地があった所でしょ？」

「ああ、メデジン・カルテルと呼ばれてた組織だよ。メデジン・カルテルは爆弾テロを頻発《ひんぱつ》させたことで知られ、一九八〇年代後半から自分らに不都合な政府要人、判事、警官、ジャーナリストを次々と殺害し、新聞社や裁判所を爆破したりもした。巻き添えになった一般市民を含めると、千数百人の男女が犠牲になったようだ」

「メデジン・カルテルは対立するカリ・カルテルと血の抗争を繰り返し、かなり前に双方とも警察にぶっ潰《つぶ》されたんでしょ？」

「双方のボスが収監されたのは十年以上も前だが、子分たちが殺し合いをつづけてたんだ。そんなことで、どちらも弱体化して、三、四年前には残党も逮捕された。しかし、うまく国外に逃げたメンバーもいる。歌舞伎町には、メデジン・カルテルの元メンバーが二十人前後はいるはずだよ」

「そいつらは不正パスポートで日本に入って、コカインの密輸に励んでたんですね？」

「ああ。ペルー、アルゼンチン、エクアドルなどの貨物船を使って、百キロ単位のコカインを運ばせ、日本の暴力団に売り捌《さば》いてた。数キロ程度のコカインは、国際郵便小包や航空宅配便で買い手に届けてたんだ」

「しかし、コロンビアの警察はコカインの密造工場を一斉に摘発したんでしたよね？」

久世は確かめた。

「その通りだ。それで日本にいるコロンビア人マフィアは、南米各国からコカインを仕入れるようになった。しかし、昔の母国のように大量密造してる国は少ないから、あまり旨味《うまみ》はなかったようだね」

「で、新麻薬の〝パラダイス〟を密売するようになったわけか」

「そう考えてもいいだろう。だが、コロンビアで覚醒剤の原料である塩酸エフェドリンやアンフェタミンを大量密造してるという裏付けはない。ＬＳＤも同じだ」

「日本にいるコロンビア人マフィアは、裏でイラン人マフィアや中国人マフィアと繋《つな》がってます。その気になれば、原料はいくらでも調達できるでしょう」

「そうだね。ミゲルは、ペドロ・サントスが新麻薬を密造してるのかどうかわからないと言ってたんだったよな？」

「ええ、そうです」

「ペドロはアンフェタミンとLSDを大量に仕入れて、コロンビア以外の国で密造させてるんじゃないだろうか」

「そう思ってもいいでしょうね。現場検証中にミゲルの自宅マンションからはドラッグの類《たぐい》は見つかってません。おそらくミゲルは、自分が管理してる娼婦たちの塒《ねぐら》に〝パラダイス〟を預けてあるんでしょう」

「久世君、彼女たちに当たって、早くドラッグカクテルを押収してくれ。それから、ゴメスをもう一度揺さぶってみてくれないか。何か隠してるかもしれないからな」

「わかりました」

「〝パラダイス〟の押収に時間がかかるようだったら、関東桜仁会相馬組の組事務所に組対四課に家宅捜査《ガサイレ》をかけてもらおう。組事務所に日本刀でもあれば、組長の相馬を別件で検挙できるからな」

「課長、四課に協力してもらうのは避けましょうよ。〝パラダイス〟が押収できなかったら、トカゲの尻尾《しっぽ》切りになっちゃうでしょ？」

「そうだな。そうなったら、きみの潜入捜査は水泡《すいほう》に帰《き》することになる」

「ええ」

「わかった。四課には、まだ黙ってよう」

早瀬が言った。

「そうしてください」

「これから、どうするね？」

「夜にならないと、コロンビア人売春婦たちには会えないでしょうから、とりあえずゴメスの自宅に行ってみますよ」

「そうか」

「コーヒー、ご馳走《ちそう》さまでした」

久世は立ち上がって、先に食堂を出た。

エレベーターには乗らなかった。本部庁舎を出て、地下鉄駅に向かう。久世は地下鉄を乗り継《つ》いで、新宿に出た。

歌舞伎町を通り抜け、大久保二丁目まで歩く。ゴメスの自宅マンションは、大久保通りから少し職安通り寄りにあった。

大小のマンション、ラブホテル、雑居ビル、木造アパートが混然と建ち並んでいるエリアだ。『メゾン大久保』の三〇三号室がゴメスの塒《ねぐら》である。

目的のマンションの斜め前には、秋山刑事が立っていた。濃紺のトレンチコートのポケットに両手を突っ込み、三〇三号室のベランダを露骨に見上げている。

あれでは、わざわざゴメスに張り込んでいることを教えているようなものだ。

久世は舌打ちして、大股で秋山に歩み寄った。

「先輩が来てくれたんなら、心強いな」

秋山が頬を緩《ゆる》めた。久世は秋山の片腕を取って、物陰に導《みちび》いた。

向かい合うと、秋山が先に口を開いた。

「自分、何かまずいことをしたのでしょうか？」

「警察学校で何を習ってきたんだっ。マークした人物の視界に入る位置には立つな。それが張り込みの基本だろうが！」

「お言葉を返すようですが、ベランダには洗濯物はまったく干《ほ》されていませんでした。ゴメスがベランダに出てくることはないと判断したんです」

「甘いな。まだ日没の時刻じゃない。ゴメスがひょっこり洗った下着やシャツを干しにベランダに出てくるかもしれないじゃないかっ」

「でも、洗濯物を干すにはもう遅すぎると思います」

「通念や常識に捉《とら》われてると、ポカをやらかすぞ。サラリーマンの奥さんなら、おまえが言った通りだろうな。しかし、夜の仕事をしてる連中は昼過ぎに起きて、それから洗濯をしてるんだ。だから、午後三時過ぎに洗ったものを干すこともあるんだよ」

「言われてみれば、確かにそうですね。自分の認識不足でした」

「おまえ、なんか嬉しそうだな」

「ええ、ちょっと。久世先輩が自分を叱《しか》ってくれたことがなんだか嬉しかったんです」

「マゾか、おまえは？」

「違います。憧《あこが》れてる先輩に注意されたってことは、自分に少しは見込みがあるからですよね？　まったく見込みがなかったら、叱られもしないでしょうから」

「秋山は長生きするよ」

「自分、おかしなことを言ったでしょうか？」

「得な性格だな」

久世は失笑した。

「は？」

「もういいって。張り込む前に、ゴメスが自分の部屋にいることを確かめたのか？」

「はい。三〇三号室のドアに耳をくっつけて、室内の物音を聞きました。ゴメスは誰かに電話をして、日本語で自分の名を口にしたんですよ」

「そいつがゴメスかどうかわからないだろうがっ。別の男がゴメスになりすましてたのかもしれないし、同じ名の友人が遊びに来てたとも考えられるじゃないか」

「あっ、そうですね。自分、これから三〇三号室に行って、ＮＨＫの受信料徴収員か何かに化けます。そうすれば、ゴメスが在宅してるかどうかはっきりしますでしょ？」

「とぼけた男だ。そこまでしなくてもいいよ。それより、おまえ、ゴメスの顔は知ってるんだろうな？」

「その点については、どうかご安心ください。東京入管から取り寄せたゴメスの顔写真のコピーを何度も見ましたんで」

「そうか。ゴメスは一度も部屋から出てないんだな？」

「はい」

「ヒスパニック系の来客は？」

「そういう客は訪ねてきませんでした」

「そう。やくざっぽい日本人も三〇三号室に行った様子はないな？」

「ええ」

「わかった。ご苦労さんだったな。おまえは桜田門に戻れ」

「自分、課長に久世先輩の助手を務《つと》めるよう言われてるんです。ですんで、先輩をアシストしないと……」

「覆面《メン》パトで張り込んでるわけじゃないんだ。路上に二人も立ってたら、どうしても人目につく。ゴメスが張り込みに気づくかもしれないじゃないか」

「そうですね。なら、自分は通行人の振りをして、この道を行ったり来たりしつづけますよ。それなら、ゴメスに覚《さと》られないと思うんです」

　秋山が探《さぐ》るような眼差《まなざ》しを向けてきた。

「本庁に戻りたくないんだったら、おまえは風林《ふうりん》会館の裏手にある相馬組の組事務所に張りついていてくれ。それで外国人マフィアらしい奴が組事務所から出てきたら、そいつを尾行してくれよ」

「単独で尾行したことはないんですよね。自分にできるでしょうか。なんか自信ないな」

「刑事はペアで動くものだが、独歩行《どっぽこう》もできるようにしたほうがいい。失敗《ドジ》踏んでも怒らないから、トライしてみろって」

「わかりました」

「よし、行け！」

　久世は秋山の背を叩《たた》いた。秋山が大きくうなずいて、すぐに歩きだした。

　久世は苦笑し、ゴメスの部屋を見上げた。

3

ゴメスが姿を見せた。

午後五時過ぎだった。厚手のモスグリーンのタートルネック・セーターの上に、狐《きつね》色《いろ》のレザージャケットを重ねている。

手ぶらだった。新宿から逃げる気ではないようだ。自分の店に行くのか。

久世はゴメスを遣《や》り過ごした。

ゴメスは自宅マンションから、JR新大久保駅方面に向かった。久世はゴメスを尾行しはじめた。ミゲルの手下がゴメスを追っている気配はうかがえない。小物のゴメスの裏切りには、目をつぶる気になったのか。多分、そうなのだろう。ゴメスは何かに怯《おび》えている様子ではなかった。無防備に歩いている。

ゴメスは新大久保駅のそばにあるスーパーマーケットに入り、チーズ、ハム、野菜、果物、香辛料を買い求めた。『エルドラド』で使うものだろう。

久世は、まだゴメスに声をかけなかった。買物を済ませた後、誰かと会うかもしれない。

しかし、スーパーマーケットを出たゴメスはまっすぐ自分の店に向かった。シャッターを開け、店内に消えた。軒灯《けんとう》は、いっこうに点かない。いつも仕込みが終わってから、点灯しているのだろう。

久世は路上で紫煙をくゆらせてから、ラテンパブに足を踏み入れた。ゴメスはカウンターの向こうで何か調理中だった。

「ミゲルがエスメラルダとパブロの二人を刺し殺したこと、わたし、まだ信じられない」

「おれも、南米人はもっとドライだと思ってたよ」

「コロンビア人、陽気ね。でも、割にプライド高い。ミゲルは、自分の彼女と子分に裏切られた。だから、エスメラルダとパブロのこと、赦《ゆる》せなかったね。わたし、ミゲルの気持ち、わかるよ」

「そっちはミゲルを裏切ったわけだが、新宿から逃げなくてもいいのか？」

「ミゲル、子分たちに嫌われてた。だから、わたし、誰にもリンチされなかったね。多分、ずっと新宿にいられると思う」

「そうか。ミゲルは新宿署で、愛人と手下を刺殺したことは全面的に認めた。しかし、〝パラダイス〟の密売については空とぼけてるんだよ」

久世は言いながら、止まり木に腰かけた。カウンターのほぼ真ん中だった。

「そう」

「ミゲルは二人の人間を殺してるんだ。いまさら麻薬ビジネスのことを隠しても仕方ないと思うんだが、ペドロ・サントスが怕《こわ》いんだろうな」

「わたしも、そう思うね。ペドロは自分の従弟《いとこ》や幼友達も平気で手下に始末させたって噂があった。だから、ミゲルは怯《おび》えてる。多分、そうね」

「そうなんだろうな。ところで、ミゲルはペドロ・サントスがコロンビアから送ってきた〝パラダイス〟を同じ国出身の売春婦たちに保管させてると睨んだんだが、その女たちの名を知らないか？」

「わたし、知らない。街娼たちのリーダーは、プリンセサという名の女ね。彼女、売春ビジネスする前に大久保通りにある『リオデジャネイロ』ってブラジル料理の店で毎晩、食事してる。プリンセサなら、何か知ってると思うね」

「そうかい。それはそうと、そっちはミゲルから分けてもらった新麻薬をどこに隠してあるんだ？」

「それ、言わないといけない？」

「おれは、おまえに貸しがあるよなっ」

「ミゲルのマンションから逃がしてくれたこと、わたし、感謝してるね。だけど……」

「協力したくないってわけか」

「怒らないで。わたし、コロンビアに戻されたくないよ。お酒、飲む？」

ゴメスが猫撫《ねこな》で声で訊いた。

久世はクリスタルの灰皿を無言で掴み上げ、酒棚《さかだな》に投げつけた。酒壜《さかびん》が二本砕《くだ》け、破片がゴメスの肩口に当たった。

「おれは拳銃《ハンドガン》も持ってる。その気になれば、おまえを撃つこともできるんだ」

「わたしを殺さないで。ミゲルに分けてもらった〝パラダイス〟は、そっくり知り合いのイラン人に預けてある。その男の名前、ハシム・フセインね。三十五、六だと思う」

「そいつの住まいは？」

「わたしと同じマンションに住んでる。でも、ハシム、いま、タイにドラッグの買い付けに行ってる。日本にいないね」

「ハシムは何号室を借りてるんだ？」

「二〇五号室ね」

「合鍵を預かってるんだろ、ハシムから？」

「それ、言えないよ」

「言えるようにしてやろう」

「ピストル出すか？　それ、やめてほしいね」

ゴメスがスラックスのヒップポケットからキーホルダーを取り出し、銀色の鍵を外した。

「そいつがハシム・フセインの部屋の鍵だな？」

「そう、そうね。わたしのドラッグ、ハシムのベッドの下に隠してあるはず」

「そいつを押収する」

「それ、もったいないね。九千錠近くもある。一錠千五百円で売れば、たくさん儲かる。あなたに儲けの半分をあげてもいい。だから、目をつぶって」

「そうはいかない」

久世はスペアキーをゴメスの手から奪い取って、スツールから滑《すべ》り降りた。ゴメスが長く息を吐いた。

「そっちも一緒に来るんだ」

「わたし、仕込みをやらなければいけないね。あなた、ひとりで行って」

「ふざけるなっ」

久世は声を荒らげた。

ゴメスが竦《すく》み上がり、すぐにカウンターから出てきた。デニム地のエプロンを外し、セーターの上にレザージャケットを羽織《はお》る。

二人は『エルドラド』を出て、ゴメスの自宅マンションに向かった。数分で、目的の建物に着いた。

二人はエレベーターで二階に上がった。

久世はスペアキーを使って、二〇五号室のドア・ロックを解《と》いた。二人は室内に入った。間取りは１ＤＫだった。

奥の居室《きょしつ》にベッドはあったが、寝具はなかった。家具らしい物は、あらかた消えていた。

「ハシム、悪い男！　わたしのドラッグカクテルを盗んで、どこかにこっそり移した。そんなことするなんて、わたし、思わなかったよ。ハシムを信用したわたしが馬鹿だったね」

ゴメスがベッドの下を覗き込んで、大声で嘆《なげ》いた。

久世は黙ってゴメスの表情を観察した。演技をしているようには見受けられなかった。

「ハシムは恩知らずね。わたし、ハシムに頼まれて、自分の部屋に覚醒剤《スピード》、大麻樹脂《ハッシシ》、マリファナ、ヘロインなんかを何度も隠してあげた。わたし、ハシムの品物をかっぱらったことなんか、たったの一度もない。イラン人、悪党ね」

「そっちが抜けてたんだよ」

「オーバーステイの外国人は支《ささ》え合って生きてきた。友達だったね。金儲けは大事。だけど、友達はもっと大事よ。わたし、悲しいね」

「甘っちょろいことを言ってると、同じコロンビア人の知り合いにも騙《だま》されるぞ」

「わたし、コロンビア人は信用してる。誰もわたしを裏切らないし、こちらも相手を信用して、ずっと庇い通すね」

「善人ぶるなって。おまえは自分かわいさに、ミゲルを警察に売った。ミゲルはミゲルで、ペドロ・サントスを裏切った。エスメラルダとパブロは、ミゲルの自尊心をずたずたにした。それで、二人とも殺《や》られてしまった。それにしても、あの二人をむざむざと殺させてしまったのは、このおれのせいだ」

「あなた、悪くないよ」

「おまえらは、利害で繋がってただけさ。愛情、友情、人情なんかで結びついてたわけじゃない」

「わたし、そんなふうに思いたくないね。だけど、あなたが言った通りなのかもしれない。それにしても、ハシムが憎いね。わたし、アリというイラン人とも親しい。アリに頼んで、ハシムを必ず見つけ出してもらうよ」

「で、どうするつもりなんだ？」

「ハシムをサンタマリアにするね」

ゴメスが忌々《いまいま》しげに言った。

サンタマリアにするというのは、コロンビア人マフィアたちの符丁《ふちょう》である。聖母マリアが霊魂《れいこん》とともに肉体も昇天したという言い伝えから生まれた隠語だ。南米でもコロンビアは熱心なカトリック信者が多い。

「そんなことをしたら、日本の刑務所にぶち込まれるぞ」

「仕方ないね、そうなっても。男は、ほかの野郎になめられたら、もう終わりね。価値がなくなっちゃうよ。だから、わたし、ハシムを処刑する」

「どうせなら、日本人の若い連中に各種の麻薬を売りつけてる不良イラン人を皆殺しにしてくれ。ついでに、オーバーステイしてる不良外国人をひとり残らず片づけてくれよ」

「オーバーステイしてる外国人が悪いことをするのは、まともに雇ってくれる会社や店がないからね。みんな、生きるために麻薬や拳銃の密売、売春、窃盗、人殺しをしてる。日本は島国だから、考え方がオープンじゃない。もっと外国人を正式に受け入れて、ちゃんとした仕事と住まいを与えるべきね。そうすれば、不法滞在のイラン人、中国人、コロンビア人も真面目になるよ」

「そういうことは、真っ当な人間になってから言え。店に戻るぞ」

久世はゴメスの肩口を摑んで、玄関に向かわせた。

ゴメスが先に靴を履《は》き、二〇五号室を出た。

次の瞬間、乾いた銃声が轟《とどろ》いた。顔面をまともに撃たれたゴメスが棒のように倒れた。久世は急いでアンクルブーツを履《は》き、歩廊に飛び出した。

黒いスポーツキャップを目深《まぶか》に被《かぶ》った東洋人の男が、非常階段を下《くだ》りはじめていた。

三十歳前後だろう。

相馬組の組員なのか。それとも、相馬組長に雇われた中国人マフィアなのだろうか。

久世は逃げる男を追った。非常階段を駆け降り、マンションの植え込みを飛び越える。すでに犯人の姿は搔《か》き消えていた。

もうゴメスは生きていないだろう。

久世は路地に走り入り、早瀬課長の刑事用携帯電話を鳴らした。

「数分前にゴメスが何者かに撃たれました」

「えっ!?　どこでだね？」

　課長が早口で問いかけてきた。久世は経緯《いきさつ》を手短に伝えた。

「わたしも久世君に電話しようと思ってたんだ」

「何があったんです？」

「ミゲルが仕出し屋から出前させたハンバーグ弁当を食べた直後に喉を掻《か》き毟《むし》って、留置場内で死んだそうだ」

「ハンバーグ弁当に毒物が入ってたんですね？」

「看守はミゲルの口許からアーモンド臭が漂っていたと証言してるから、弁当に青酸化合物が混入されてたんだろう。新宿署の刑事が仕出し弁当を署に配達した青年に事情聴取したところ、バイクの前にいきなり脇道から車が飛び出してきたらしいんだ。それで、配達の若者は相手のドライバーと言い争いになったというんだよ。車には、もうひとり男が乗ってたそうなんだ。そいつは、仕出し屋のバイクのそばにずっといたという話だった」

「それなら、その男がハンバーグ弁当に注射器か何か使って、毒物を注入したんでしょう」

「ああ、おそらくね」

「ミゲル自身が昼食用にハンバーグ弁当を注文したんですか？」

「いや、そうじゃないんだ。ミゲルの友人と称する男が警察指定の弁当屋に電話をして、新宿署に留置されてるコロンビア人にハンバーグ弁当を届けてやってほしいと言ったらしいんだよ」

「弁当の代金は？」

「業者のとこに午後一番に届けると言ったようだが、未《いま》だに現われないそうだ」

「警察指定の弁当業者まで知ってたわけだから、相馬組の仕業臭いな」

「ああ、そうだね。コロンビア人マフィアは、そこまでは知らないはずだから」

「相馬組はコロンビア人マフィアから新麻薬を買い付けてることが露見するのを恐れて、ゴメスとミゲルの口を封じる気になったんでしょう」

「相馬組長が単独でそう考えたのか、あるいは卸《おろ》し元のペドロ・サントスと共謀したのか」

「二人が相談して、ゴメスとミゲルの二人を始末させたんじゃないのかな」

「そうなのかもしれないね」

「相馬が勝手にペドロの息のかかった二人を闇に葬《ほうむ》るわけにはいかないでしょ？」

「それはそうだね」

早瀬が同調した。

「課長、秋山を相馬組に張りつかせたんですよ」

「そうなのか」

「ミゲルが新麻薬を保管してる場所を探《さぐ》ったら、秋山と合流するつもりです。相馬組長をマークしつづけてれば、何かが見えてくると思います」

「そうだろうね。応援が必要なときは、いつでも連絡してくれ」

「わかりました」

久世は通話を切り上げ、大久保通りに足を向けた。

ブラジル料理店『リオデジャネイロ』は造作なく見つかった。店内に入ると、BGMのボサノバが流れてきた。セルジオ・メンデスの『マシュケナダ』だった。

道路側の席には、コロンビア人と思われる女たちが五、六人いた。揃《そろ》って化粧が厚い。服装もけばけばしかった。街娼たちだろう。
七、八年前まで、大久保通りには数十人のコロンビア人売春婦が立っていた。彼女たちは通りかかった男たちに声をかけるだけではなく、赤信号で停まった車の運転者たちにも大っぴらに媚《こび》を売っていた。
付近の商店主や住民からの苦情が殺到し、警察は本格的に外国人娼婦たちを一斉に検挙した。そのおかげで、半年ほどは大久保通りから売春婦がまったくいなくなった。彼女たちは、いったん錦糸町《きんしちょう》、町田《まちだ》、横浜などに散った。

しかし、いつの間にか、また外国人娼婦たちが街角に立つようになってしまった。といっても、大久保通りの舗道で客を引く売春婦は少ない。

彼女たちは表通りから少し奥に入った場所にたむろし、通行人にさりげなく声をかけている。辻《つじ》ごとに中国人グループ、タイ人グループ、南米グループとテリトリーを定め、揉め事を回避していた。

中国やタイ育ちの街娼は地元の暴力団に一日五千円ほどの場所代《ショバ》を払って、春をひさいでいる。だが、コロンビアやボリビア出身の売春婦たちは、日本の暴力団には管理されていない。

彼女たちの多くはイラン人の男をヒモ兼用心棒にして、せっせと稼いでいる。宗教的な理由で禁欲的な青春を送ってきたイラン人の男は、いつでも抱ける女を決して離そうとしない。

男女の間柄であるコロンビア人娼婦を体を張って護《まも》り抜く。その上、性欲も旺盛だ。だから、南米系の売春婦たちに好《す》かれ、頼りにもされている。

久世は中ほどのテーブル席につき、コーヒーを注文した。ウェイターが豆料理を奨《すす》めたが、オーダーはしなかった。

奥の席には日本人の客がいたが、誰も南米系の女たちを見ようとしない。彼女たちに視線を向けたら、絡《から》まれるとでも思っているのか。

久世はセブンスターに火を点けた。

一服し終えたとき、コーヒーが届けられた。ブラックコーヒーを飲んでいると、窓辺の席から金髪の女がやってきた。

眉《まゆ》は黒々としている。髪だけブロンドに染めているのだろう。

二十代の後半だろうか。背はそれほど高くない。百六十センチ前後だった。

バストは豊かで、ウエストは深くくびれている。ミニスカートから、むっちりとした太腿《ふともも》が零《こぼ》れていた。

「ちょっと坐ってもいい？」

金髪の女が滑らかな日本語で話しかけてきた。

久世はうなずいた。女がにっこりと笑って、目の前に腰かけた。ゆっくりと脚《あし》を組んだ。パンティーをわざと見せたのだろう。

「コロンビアの生まれ？」

「そう。あなた、南米の女に興味がある？」

「国籍は問わず、セクシーな女は好きだよ」

「正直なのね。わたしと遊ばない？　九十分で、二万五千円。ホテル代は、あなたが払って。わたし、小柄だから、体が日本人向けなの。言ってる意味、わかるでしょ？　うふふ。あそこも小さめなのよ」

「プリンセサに会いたいんだ。『エルドラド』のオーナーに彼女のことを教えてもらったんだよ。プリンセサは、ミゲルとも親しいんだって？」

「あなた、何者なの？」

「フリーのライターだよ。主に風俗ルポを書いてるんだ。それで、コロンビアの女性たちの話を聞きたいと思ってるわけさ」

久世は、もっともらしく言った。

「雑誌の取材なのね？」

「そう」

「プリンセサのことなら、よく知ってるわよ」

「もしかしたら、窓際の席の中にいるのかな？」

「彼女は、いつも七時過ぎにこの店にやってくるの。わたしとホテルに行ってくれたら、プリンセサのアパートに連れてってあげる。わたしのことは、エマって呼んで。

日本に来て、もう八年になるの。日本人の男とは、なんか体が合うのよね」

「ふうん」

「あなたをがっかりさせないわ。ね、この店の裏にホテルがあるの。一緒に入ろう？　わたしね、下のヘアもブロンドに染めてるのよ。見たくない？」

「せっかくだが、そっちとホテルにはいけないな。おれ、ゲイなんだよ」

「信じられない。だって、そんなふうには見えないもの」

　エマと名乗った女が目を丸くした。久世の嘘を真《ま》に受けたようだ。

「よくそう言われるんだ」

「女の体のほうがずっといいのに。わたしとメイクラブすれば、そのことがわかるはずよ。わたしの下の部分ね、みみず千匹なんだって。五人のお客さんにそう言われたんだから、そうなんだと思うわ」

「くだらない日本語まで覚えちゃったんだな」

「四十五分なら、一万五千円でもいいわ。わたし、絶対にあなたをエレクトさせる。だから、つき合ってよ」

「ホテルにはつき合えないが、プリンセサの自宅に案内してくれたら、二万円の謝礼を払うよ」

「ほんとに!?」

「なんだったら、前渡しでもいいぜ」

久世は言って、二枚の万札をテーブルの下でエマに手渡した。ポケットマネーだった。

「こんなことは初めてよ。わたし、夢を見てるんじゃないかしら?」

「現実の出来事さ。すぐにプリンセサのとこに案内してほしいな」

「いいわ」

エマがすっくと立ち上がった。

久世は急いでコーヒー代を払い、エマと一緒に『リオデジャネイロ』を出た。

エマに導かれて、新大久保駅横のガード下を潜《くぐ》った。最初の四つ角を曲がり、二つ目の脇道を左に折れる。

古いモルタル造りのアパートや三階建ての低層マンションが連《つら》なっている。一般住宅は、数える程度しかない。通行人は外国人のほうが多かった。アジア人が目立つ。

「ここよ」

エマが磁器タイル張りの低層マンションを指さし、馴《な》れた足取りで敷地に足を踏み入れた。

「プリンセサとは仲がいいのか?」

「わたしたち、同じ町の出身なのよ。彼女のほうが二つ年上なんだけどね」

「そうだったのか。プリンセサは、ミゲルから何か預かってると洩らしたことはない？」

「ううん、そういう話は聞いたことないわね。何かって、何なの？」

「たいした物じゃないんだ。プリンセサの部屋は？」

「三〇一号室よ」

「そう」

二人は階段を昇《のぼ》りはじめた。エマが先に立つ恰好《かっこう》で、そのまま三階まで上がった。ほどなく二人は三〇一号室の前に立った。

エマがインターフォンを鳴らした。だが、なんの応答もなかった。

窓は明るい。エマが母国語で呼びかけながら、ノブを引いた。ロックはされていなかった。

玄関ホールに外国人の女が俯《うつぶ》せに倒れていた。

着衣は乱れていない。首には、白い樹脂製の結束バンドが巻きついている。

商品名はタイラップだ。本来は工具や電線を束《たば》ねるときに用《もち》いる結束バンドだが、犯罪者たちがよく手錠代わりに使っている。針金並に強度が高い。絞殺具に使用されることもある。

「倒れてるのは、プリンセサよ」

エマが言って、先に玄関ホールに上がった。彼女はプリンセサを仰向《あおむ》けにして、反《そ》り身になった。

部屋の主は恨《うら》めしげに虚空《こくう》を睨み、舌をだらりと垂らしていた。瞳孔《どうこう》は開き切っている。絶命していることは明白だ。

「死んでる。誰がプリンセサを殺したの⁉ 姐御肌《あねごはだ》で、みんなに慕われてたのに」

エマはそこまで日本語で言い、その後はスペイン語で喚《わめ》きはじめた。すぐに彼女は涙にくれた。

久世は靴を脱いで、奥に走った。

1LDKの室内は荒らされていた。人の争った痕《あと》も残っている。

久世は部屋の中をくまなく検《しら》べた。しかし、〝パラダイス〟は一錠も見つからなかった。

相馬組の者たちが新麻薬を運び去って、ミゲルと繋がりのあるプリンセサを殺したのだろう。

久世はそう考えながら、玄関ホールに引き返した。

いつの間にか、エマは消えていた。プリンセサの事件の証言者になったら、警察にオーバーステイのことがわかってしまう。彼女はそう判断し、姿をくらましたのだろう。

久世は部屋を出ると、すぐに一一〇番通報した。

4

視線を巡《めぐ》らせる。

後輩刑事は路上駐車中のライトバンの向こうにいた。相馬組の持ちビルの斜め前だ。

久世は、ごく自然にライトバンの陰に回った。秋山が安堵《あんど》したような表情を見せた。ひとりで相馬組を張り込んでいることが不安だったのだろう。

「ミゲルが毒殺されたこと、課長から聞いたか？」

久世は問いかけた。

「はい。少し前に早瀬課長から電話がありました。相馬組長が〝パラダイス〟のことをミゲルに自白《ウタ》われたくなくて、構成員にハンバーグ弁当に毒を盛らせたんでしょうか？」

「弁当に毒物を混入した実行犯は、下っ端の組員だったんだろう。しかし、主犯は相馬だろうな。組長は新麻薬の卸し元のペドロ・サントスと相談して、橋渡し役を務《つと》めてたミゲルとゴメスの口を封じることにしたにちがいない」

「ゴメスまで殺《や》られたんですか!?」

秋山が素《す》っ頓狂《とんきょう》な声を発した。久世は、ゴメスが射殺されるまでのことをかいつまんで話した。

「逃げた男は、相馬組の組員なんでしょうね?」

「だろうな。そうじゃないとしたら、相馬が流れ者の殺し屋《プロ》にゴメスを始末させたんだろう」

「ええ、どちらかなんでしょうね。それにしても、麻薬ビジネスの協力者を虫けらみたいに殺すなんて、冷血すぎますよ」

「そうだな」

久世は相槌《あいづち》を打って、相馬組の持ちビルを見上げた。

間口《まぐち》はそれほど広くないが、六階建てだった。表玄関には、相馬興産という社名が掲《かか》げられている。

暴力団新法が施行されてから、組の代紋や提灯《ちょうちん》を飾ることは禁じられている。どの組事務所も表向きは商事会社、不動産会社、絵画・観葉植物レンタル会社、金融会社、土木会社、芸能プロダクションなどになっている。だが、実態は法改正前と少しも変わっていない。

「ビルの中に相馬組長はいるのか？」

「いるはずです。自分が張り込んで間もなく、組長があの車で乗りつけましたから」

秋山が言って、相馬興産ビルの前に横づけされているシルバーグレイのベントレーを指さした。車体の半分は道路に食《は》み出していた。

やくざの多くは、ベンツに乗りたがる。だが、広域暴力団の理事クラスになると、ベントレーに乗っている。旧型のロールスロイスを好むのは、七十過ぎの大親分だ。

「ヒスパニック系の男たちが相馬組に出入りしなかったか？」

「南米系の奴らは、ひとりも見かけませんでしたね」

「中国人と思われる男たちは？」

「そういう連中も見かけませんでした。でも、ロシア語を話す白人の若い女たちが何人かビルの中に入っていきました」

「そうか。相馬は旧ソ連の独立国家出身の女たちを集めて、売春クラブをやってるんだろう」

久世は言った。

一九九四年ごろから、歌舞伎町周辺でチェチェン共和国、ジョージア（グルジア）、カザフスタン、ベラルーシ出身のホステスが急増した。それを追う形で、ルーマニア、ポーランド、バルト三国生まれの女性たちも続々と日本に出稼ぎにくるようになった。二〇〇一、二年までは、ロシア系のホステスは人気があった。しかし、数が増えると、物珍しさは失《う》せた。代わって、ルーマニア人ホステスやリトアニアなど東欧の女性たちが白人クラブでちやほやされるようになった。やむなくロシア人ホステスの大半は、売春で稼ぐほかなくなった。

そんなことで、暴力団はロシア系女性を使った売春組織を管理するようになったのだ。エスコートクラブ、社交クラブと名称はさまざまだが、白人女性に体を売らせていることは間違いない。

日本人の男たちは一般的に白人女性に弱い。東洋人娼婦よりも四割増の遊び代がかかっても、客は集まってくる。組によって異《こと》なるが、たいていロシア系売春婦は稼ぎの三、四割を抜かれている。

飲食店や風俗店から〝みかじめ料〟を集めるよりも、はるかに効率はいい。今後も、暴力団は白人女性を喰《く》いものにして、売春ビジネスに励むだろう。

「話を戻すが、殺されたゴメスは同じマンションに住んでたハシム・フセインというイラン人の部屋に〝パラダイス〟を預けてたんだよ」

「そうなんですか」

「ハシムはゴメスの新麻薬をそっくりかっぱらって、自分の部屋から消えた。ゴメスにはタイにドラッグの買い付けに行くと油断させてな」

「性質《たち》の悪い奴だな」

「ああ。考えすぎかもしれないが、ハシム・フセインは相馬に頼まれて、預かってたゴメスの〝パラダイス〟を横奪《よこど》りした可能性もあると思うんだ」

「それ、考えられますね」

「ここはおれに任せて、おまえは職安通りにあるペルシャ料理店『インシャラー』に回ってくれ。そこは、不良イラン人の溜まり場なんだ。ハシムの知り合いの振りをして、居所を探《さぐ》り出してくれよ」

「インシャラーって、確か『神よ、御心《みこころ》のままに』って意味ですよね？　悪党どものアジトの名がインシャラーですか。笑っちゃいますね」

「そうだな。ペルシャ料理は日本人の口に合わないが、まず『インシャラー』で夕飯を喰《く》え。うまそうな顔をして喰ってから、店の者や居合わせた客たちにさりげなくハシム・フセインのことを話題にするんだ。いいな？」

「わかりました。それじゃ、自分は『インシャラー』に向かいます」

秋山が緊張した面持《おもも》ちで言い、久世から遠ざかった。

じっとしていると、寒さが応《こた》える。久世は体を小さく揺らしつづけた。

相馬興産の表玄関を注視していると、脈絡《みゃくらく》もなく恋人の由華の笑顔が脳裏に浮かんだ。

久世は、由華の笑った顔が好きだった。透明な微笑は、いつだって心を和《なご》ませてくれた。

彼女は拉致されたときから、一度もほほえんでいないにちがいない。それどころか、恐怖と不安で顔面を絶えず引き攣《つ》らせていることだろう。

由華の神経は繊細《せんさい》そのものだ。〝パラダイス〟で薬物中毒に陥っているとしたら、もう狂気の世界に一歩足を踏み入れてしまったのではないか。

そう考えると、久世は頭がおかしくなりそうだった。無力な自分が恥ずかしい。腹立たしくもあった。しかし、救出の手立てがない。

由華を救い出したとき、自分のことを認識できるのだろうか。仮に認識できなかったとしても、由華は由華だ。愛《いと》しさは変わらない。

たとえ彼女が廃人《はいじん》同然になっていたとしても、見捨てる気はなかった。いまは、由華の安否《あんぴ》が気がかりだ。

何があっても、生きていてほしい。ただ、それだけを切望した。恋人と生きて再会できれば、何か力が湧《わ》いてくるだろう。

麻薬中毒は根気さえあれば、いつか必ず治せる。由華が監禁中に身を穢《けが》されていたと考えると、冷静さを失いそうになる。

しかし、たとえそうだったとしても、彼女には非はない。不可抗力である。狂犬にいきなり咬《か》まれたようなものだ。誰も由華を咎《とが》めることはできない。

生理的な拘《こだわ》りは、じきに消えるだろう。

問題は彼女が負った心の傷だ。人間の尊厳を踏みにじられた者の悲しみや憤《いきどお》りは、いつまでも胸底《きょうてい》に蟠《わだかま》るだろう。

交際相手の中途半端な慰《なぐさ》めは、かえって由華の傷口を押し拡《ひろ》げることになるにちがいない。言葉は無力である。

心身共に傷ついた者には何も言わずに、ただ強く抱きしめてやる。絶えず相手のかたわらにいて、涙と嘆《なげ》きを受けとめる。そうしているうちに、負《ふ》の感情が少しずつ癒《い》やされるのではないか。

とにかく何がなんでも、早く由華を捜し出さなければならない。

久世は江戸時代に生まれなかったことを残念に思った。仇討《あだう》ちが認められていた時代なら、恋人に辛い思いをさせた人間すべてに復讐できる。

もちろん、ひと思いに相手を殺したりはしない。真綿《まわた》で首をじわじわと締めるようにして、残忍な方法で嬲《なぶ》り殺す。

それでも気が収まらなかったら、遺体も傷つけるだろう。亡骸《なきがら》に唾《つば》を吐き、小便を引っかけてやりたくなるかもしれない。

しかし、それで深く傷つけられた恋人が救われるのだろうか。多分、すぐには立ち直れないだろう。悲しみや怒りは時間の経過とともに、徐々に薄れていくものだ。愛しい者と一緒に時の流れをじっと待つ。

それしか救いの途《みち》がないとしたら、自分はそうしよう。

久世は煙草をくわえた。火を点けたとき、相馬興産ビルから組長が出てきた。

相馬はスリーピース姿で、首にマフラーを掛けているだけだった。近くまで出かけるのだろう。がっしりとした体型だ。

久世は、くわえ煙草で相馬を尾行しはじめた。護衛なしで組長が外出する場合、たいがい女の許《もと》に行く。

相馬は、愛人の真山恭子の店に向かっているのではないか。

久世の予想は正しかった。

ほどなく相馬は、『泪橋』に入った。久世は店内をそっと覗いた。相馬はカウンターに向かい、元演歌歌手の女将と何か談笑していた。

調理場には、板前の姿が見える。相馬のほかには、客はいなかった。

久世は店から少し離れ、物陰に身を潜《ひそ》めた。

三十分が虚《むな》しく経過した。相馬は単に愛人の店に顔を出しただけで、麻薬ビジネスの関係者と待ち合わせをしているのではなさそうだ。

今夜の張り込みは空振りに終わるのか。

久世は胸奥《きょうおう》で呟いた。

そのすぐ後、懐で刑事用携帯電話が着信音を発した。久世は携帯電話を摑み出し、ディスプレイを見た。発信者は秋山だった。

「何か動きがあったようだな？」

「はい。五分ほど前にハシム・フセインらしき男が『インシャラー』に来たんですよ。自分、ハシムと面識がある振りをしたんですが、向こうは知らないの一点張りでした。なんか怪しまれてる感じだったんで、急いで店を出たとこなんです」

「『インシャラー』の近くにいるんだな？」

「ええ、斜め前あたりにいます」

「そこにいろ。すぐに行くよ」
久世は電話を切って、ひとまず張り込みを中断した。
裏道をたどって、職安通りに急ぐ。『インシャラー』は、いまや観光スポットにな
った韓国食堂の並びにある。韓国人がオーナーの韓国食堂は近くの『ハレルヤ』と人
気を二分するコリアン・レストランで、本格的な韓国料理が食べられる。
一年前、久世は由華と本場のマッコリを傾けながら、鮟鱇《アンコーチーム》と野菜の唐辛子和えをつ
ついた。追加注文した牛カルビと白菜のスープ《シャングッ》は絶品だった。その夜のガーリック臭
いキスも忘れられない。
マッコリで酔った由華はシティホテルの一室で、いつもよりも大胆な痴態《ちたい》を見せた。
進んで女性騎乗位をとり、乱れに乱れた。そのことも印象深い。
職安通りの両側には、飲食店、美容院、食材店が軒《のき》を連《つら》ねているが、大半のオーナ
ーは韓国人だ。コリアンタウンと呼ばれているが、残りの経営者は台湾人である。日
本人はきわめて少ない。このあたりは、終戦直後から韓国や台湾出身者が多く住んで
いる。
ペルシャ料理店の軒灯が見えてきた。
久世は足を速《はや》めた。秋山刑事が久世に気づき、大股で歩み寄ってきた。

「ハシム・フセインは、まだ『インシャラー』にいるな？」

「ええ、います」

「ハシムに連れは？」

「いませんでした。ひとりで、ふらりと店に入ってきたんです。ハシムは三十五、六歳で、髪が薄かったですね」

「そうか。ハシムが『インシャラー』から出てきたら、どこかで少し痛めつけよう」

「先輩、それはまずいでしょ？　自分らは警察官なんです。合法的な捜査をしないと、市民の警察アレルギーを増長させることになります」

「笑いたくなるほどの正論だな。優等生すぎるよ、おまえは」

「しかし、自分らは法の番人なんです。法律を無視するわけにはいかないでしょ？」

「まともな市民を締め上げようってわけじゃないんだ。相手は日本の法律なんか屁《へ》とも思ってない不良外国人なんだぜ。多少の法律違反をしなきゃ、奴らが犯行を認めるわけない」

「先輩のそういう考え方はどこか傲慢《ごうまん》ですし、偏見《へんけん》に満ちてますよ」

「ずいぶん偉そうなことを言うじゃないか。それじゃ、合法的な手段でハシムを追い込んでくれ。おまえのお手並をとくと拝見させてもらうよ」

「先輩、自分をあんまりいじめないでください。自分、小学生のころはクラスでいじめられっ子だったんです」

「なんとなくわかるよ。おまえは建前と理想論ばかり口にするからな。正義感を振り翳《かざ》したって、犯罪はなくならないぞ。世の中には、悪知恵の発達した奴らが大勢いるんだ」

「ええ、そうですね」

「そういう連中は法の力だけでは更生《こうせい》させられないんだよ。だから、奴らに動物的な恐怖心を与える必要があるのさ。悪いことをしたら、何らかの形で罰《ばっ》せられるってことを体に教え込んでやるんだ。そうすれば、二度と危《ヤバ》いことはしなくなる」

「だからといって、被疑者を小突き回したり、押し倒したりするのは問題ですよ」

「おれのやり方が気に入らないんだったら、さっさと消えてくれ。目障《めざわ》りだ」

「自分は先輩を刑事の師匠だと思ってるんです」

「おれは、おまえを弟子にした覚えなんかない。課長に秋山の面倒を見てやってくれって言われたんで、渋々、おまえとつき合ってるだけだ。単独捜査のほうがずっと楽なんだよ」

「それはそうでしょうね。でも、運が悪かったと諦《あきら》めてください。自分は久世先輩を師と仰《あお》ぐと決めて、早瀬課長にペアを組ませてほしいと頼み込んだんですから」

「おまえに教えられることなんか何もないよ。別の先輩の下につけ。おれは、食《は》み出し刑事《デカ》だからな。吸収できるものなんか一つもないって」

「『SAT《サット》』の教官だった方が、ただの食み出し刑事であるはずありません。先輩は正義の人だと思います。ただ……」

「なんだ？」

「いいえ、やめておきます。弱輩者《じゃくはいもの》の自分が生意気《なまいき》なことは言えませんから」

「おまえは、もう充分に生意気だよ。言いたいことがあったら、はっきり言え！」

「それなら、言わせてもらいます。先輩は三十代の後半ですが、精神が若々しいんでしょう。だから、せっかちな正義漢になってしまったんだと思います」

「せっかちな正義漢だって？」

久世は訊《き》き返した。

「ええ、そうです。ちょっとわかりにくい言い方だったかもしれません。先輩は目に見える形で犯罪者を減らすことで、自分の存在価値を見出《みいだ》したいと潜在的に思ってるんでしょうね」

「生意気なことを言いやがる。しかし、あながち的外《まとはず》れでもないな」

「やっぱり、そうでしたか」

「全面的に当たってるわけじゃない。だから、あんまりいい気になるな」

「は、はい」

「癪《しゃく》な話だが、そういう傾向があることは認めるよ。おれは手柄を立てたくて、犯罪者に厳しく接してるわけじゃない。罪を犯したら、いつか何らかの形でしっぺ返しを受けるってことを早くわからせたいんだよ。だから、ついルールを無視しちまうんだ。しかしな、それで悪党刑事と呼ばれたって、別にかまわない。おれはおれの流儀で、悪事を働いてる奴らを懲《こ》らしめる」

「そうですか」

「おれの捜査に行き過ぎがあったら、警察庁の首席監察官か本庁警務部人事一課監察係に密告してもいいよ。しかし、おれのやり方に直《じか》に文句をつけるな」

「文句をつけたら、どうなるんです？」

「おまえの顎の関節を外してから、利き腕をへし折ってやる」

「過激ですね。そういう面は、自分、見習わないようにします。口幅ったいことは極力《きょくりょく》、言わないようにします。だから、自分とのコンビは解消しないでください。自分、久世先輩のことが大好きなんです」

「男にそんなこと言われても、ちっとも嬉しくないよ」

「男が男に惚《ほ》れるなんて、めったにあることではありません。ですから、自分を弟子にしてください」

「おれは落語家でも書家でもない。おまえは弟子じゃなく、相棒だよ。あんまり頼りになりそうもない相棒だがな」

「先輩、ありがとうございます。これからも、よろしくお願いします」

秋山が深々と頭を下げ、『インシャラー』に目を向けた。そのとき、店から頭髪の薄い外国人が出てきた。

「あいつがハシム・フセインです」

「しばらく奴を尾《つ》けるぞ」

久世は言って、先に歩きだした。秋山がすぐに従《つ》いてきた。

第三章　気になる若手外交官

1

薄毛のイラン人がラブホテル街に入った。

道なりに進めば、大久保通りに出る。久世は数十メートル後方から、ハシム・フセインを尾行していた。秋山刑事は、久世の後ろを歩いている。

やがて、ハシムが路上にたたずんだ。

ホテル街の外れだった。ハシムの前方には、南米系の街娼が五、六人固まっている。

その中から小柄な女が抜け出し、ハシムに駆け寄った。久世は秋山に暗がりに身を潜《ひそ》めろと手振りで指示し、自分も物陰に隠れた。

「プリンセサを誰かに殺させたのは、あんたなんじゃないの！」

女がハシムと向かい合うなり、大声で言った。なんとエマだった。

「わたし、半年前までプリンセサと一緒に暮らしてた。そんな女を殺すわけないね」

「でも、あんたはマリアに乗り換えて、プリンセサの部屋から追い出された。プリンセサを憎んでたんじゃないの？」

「マリアと何回か寝た。でも、それはただの遊びね。わたし、プリンセサを愛してた。別れたくなかったよ。だけど、彼女、わたしを許してくれなかったね。それだから、仕方なく……」

「マリアと同棲するようになったというの？」

「そう、そうね。マリアの彼氏、一年ぐらい前にコロンビアに帰っちゃったね。カルロスって男、マリアのほかにも何人も女がいた。マリア、そのこと、面白くなかったね。だけど、カルロスがいなくなったら、マリアは用心棒なしになってしまった。彼女、そのことをとっても不安がってたね。わたし、マリアのこと、かわいそうになったよ。だから、彼女と一緒に暮らすようになった。でも、プリンセサのことはずっと好きだった。だから、わたしが誰かにプリンセサを殺させたなんてあり得ないね」

ハシムが長々と喋《しゃべ》った。

「やっぱり、あんたが怪しいわ。プリンセサが殺されたと言ったとき、あんまり驚かなかった。それに、あんたは以前、結束バンドを持ち歩いてたわよね？」

「だいぶ前にプリンセサの客の中にサディストがいて、彼女、そいつにぶん殴られたね。それで、わたし、タイラップを持ち歩くようになった。変態っぽい客を縛《しば》って、痛めつけるためね。プリンセサ、タイラップで首を絞められた？　それ、いつのこと？」

「いまごろ、何よ。あんたは、プリンセサが殺されたことを知ってたんでしょ？　だから、別にびっくりしなかったんじゃないの？」

「それ、違うよ。わたし、いつかプリンセサは誰かに殺されるかもしれないと前々から思ってた。それだから、あんまり驚かなかったね」

「誰かに殺されるかもしれないと思ってたって？」

エマが問い返した。

「ええ、そうね」

「でたらめ言わないでよ。プリンセサは面倒見がよかったんで、仕事仲間に好《す》かれてた。誰かに恨まれてたなんて、考えられないわ」

「プリンセサ、コロンビアの女たちには頼りにされてた。大事にもされてたよ。だけど、コロンビア人の悪党たちとも親しかったね」

「悪党たちって？」

「『エルドラド』のオーナーのゴメスやミゲルのこと。ゴメスたちは、ドラッグビジネスしてた」

「ほんとなの!?」

「わたし、嘘《うそ》言ってない。ゴメスとわたし、同じマンションに住んでた。だから、ゴメスに頼まれて、〝パラダイス〟って呼ばれてる錠剤のドラッグカクテル預かったことがある。ミゲルは、ゴメスの兄貴分ね。プリンセサ、ゴメスかミゲルに何かで協力したと考えられる。それで何かまずいことがあって、どちらかが雇った殺し屋に始末されたのかもしれない」

「あんたはプリンセサを殺《や》ってないのね？」

「わたし、人殺しはしたことない。わたしよりも、エマが怪しいね。あなた、なんでプリンセサが殺されたこと、知ってる？　事件のこと、まだマスコミで報道されてないんだろ？」

「ええ、多分ね。わたしね、プリンセサに用があるって日本人の男を彼女のマンションに案内したのよ。そしたら、プリンセサが自分の部屋で殺されてたの。ほんとの話よ」

「エマが一一〇番したのか？」

「ううん、しなかったわ。オーバーステイでコロンビアに強制送還されたくなかったんで、事件現場から逃げてきたの。多分、連れの男が警察に連絡したと思う」

「あなた、プリンセサと何か揉《も》めてなかった？」

「ハシム、何を言い出すのよっ。わたし、怒るわよ。プリンセサは、わたしの姉さんみたいな女性《ひと》だった。そんな相手とトラブルを起こすわけないじゃないの」

「けど、プリンセサは気性《きしょう》が荒かったね。エマと大喧嘩しても、ちっとも不思議じゃないよ」

「わたしを疑うわけ？　冗談じゃないわ」

「別にエマが人殺しだと言ってるわけじゃないね。可能性がゼロじゃないと言いたかっただけ。気を悪くしたんだったら、わたし、謝《あやま》る」

「もういいわよ」

「マリアの姿、見えないね。もう客がついたか？」

「彼女、カテリーナのお客さんを横奪《よこど》りしたのよ。カテリーナが誘いをかけてる最中に、相手の男にでっかい胸をくっつけてさ。そういうのはルール違反だよ。先月もね、マリアは同じことをしたの。だから、仲間うちで評判悪いのよ」

「マリアに注意しておく。で、彼女はどのホテルにいる?」

ハシムが訊《き》いた。エマは無言で、数軒先の『パトス』というラブホテルを指さした。

それから彼女は、仲間たちのいる場所に引き返していった。

ハシムが『パトス』の斜め前まで移動し、煙草をくわえた。

久世はゆっくりとハシムに近づいた。ハシムが久世に顔を向けてきた。

「今夜も寒いな」

久世は言うなり、ハシムに当て身を見舞った。

ハシムの右手から、火の点いた煙草が落ちた。久世は煙草の火を踏み消し、前屈《まえかが》みになったイラン人を肩に担《かつ》ぎ上げた。

そのまま急いで脇道に入る。四、五十メートル先に、月極《つきぎめ》駐車場があった。

久世は月極駐車場の隅までハシムを運び、コンクリートの上に投げ落とした。ハシムが呻いて、息を吹き返した。

ちょうどそのとき、秋山が駐車場内に駆け込んできた。

「ハシムをどうする気なんです?」

「おまえは黙って見てろ」

「しかし、暴力はよくないですよ」

「とにかく、引っ込んでろ!」

久世は秋山に言って、懐から警察手帳を取り出した。ハシムが緊張し、半身を起こした。

「どうせオーバーステイなんだろうが、そのことには目をつぶってやろう。イラン国籍のハシム・フセインだな?」

「わたし、イラン人じゃない。ペルーから日本に働きに来たね。名前はフリオ……」

「悪あがきはよせ! そっちのことは、もう調べがついてるんだ」

「それじゃ、嘘ついても仕方ないね」

「ゴメスから預かった〝パラダイス〟をかっぱらって、マンションの部屋を引き払ったな?」

「わたし、その男のこと、知らない。ゴメスって、誰?」

「『エルドラド』のオーナーだったゴメスを知らないだと!?」

久世は口の端を歪《ゆが》め、靴の踵《かかと》でハシムの右手の甲を踏みつけた。

ハシムが右腕を引っ込めようと試《こころ》みた。だが、一センチも動かなかった。

「もう一度訊《き》く。ゴメスなんて男は知らないか?」

「ああ」

「そうかい」

久世は踵を左右に動かした。ゴメスが獣じみた声をあげた。

「先輩、それはまずいですよ。やめましょう」

背後で、秋山が制止した。久世は秋山の言葉を無視した。

「もっと粘《ねば》る気なら、おまえの片腕をブラブラにしちまうぞ」

「そ、そんなことをしてもいいのか!?」

「おれは、悪い連中には手加減しない主義なんだよ。半殺しにしてもいいと思ってる」

「ポリスがそこまでしたら……」

「懲戒免職になるだろうな。それでも、かまわない」

「クレージーだ、クレージだよ」

「おまえの利き腕をへし折ったら、東京入管に身柄を引き渡すことにしよう。イランに送り返されたら、酒や女とはおさらばだろうな。日本で好き放題やってきたんだろうから、かなり辛いはずだ。いっそイランで宗教家になるか。え？」

「わたし、ずっと日本にいたいね。イランに戻ったら、地獄みたいな生活になる。それ、我慢できないよ」

「だったら、捜査に協力するんだな。ゴメスから預かってた〝パラダイス〟は、どこに保管してるんだ？」

「わたし、ゴメスのドラッグカクテルを九千錠近く無断で持ち出した。けど、どこにも保管してないよ」

ハシムが答えた。

「まだ素直になれないようだな。手の骨を砕《くだ》いてやるか」

「乱暴なことはしないでほしいね。わたし、ゴメスの〝パラダイス〟を自分の部屋に預かってること、日本人のやくざに話したことある。そしたら、その相手はゴメスのドラッグカクテルをこっそり運び出してくれたら、一錠に付き百円くれると言ったね。トータルで、約八十七万円になる。わたし、お金に負けちゃったよ」

「その日本人やくざは、関東桜仁会相馬組の組員なんじゃないのか？」

「あなた、いい勘してる。そう、その通りね」

「そいつの名は？」

「石丸《いしまる》、石丸一仁《かずひと》さんね。四十歳ぐらいで、相馬組の若中《わかちゅう》やってる。ゴメスの〝パラダイス〟は、もう石丸さんに渡してしまった。わたし、八十七万円近く貰った」

「ゴメスが殺されたことは知ってるな？」

「それ、知ってる」

「〝パラダイス〟を横奪《よこど》りしたことがそのうちバレると思って、そっちが誰かにゴメスを始末させたとも考えられるな」

久世は揺さぶりをかけてみた。

「それ、間違ってるね。ゴメスが新麻薬のことで怒ったら、石丸さんがわたしをガードしてくれるって約束してくれた。だから、わたし、ゴメスに付け狙われても、ちっとも怖くないと思ってたよ。だから、わざわざ誰かにゴメスを始末させる必要ないね」

「それじゃ、相馬組の石丸が誰かにゴメスを殺《や》らせたのかもしれないな」

「そのこと、わたし、わからないよ」

「そっちは以前、プリンセサのヒモ兼用心棒だったんだろ？」

「わたしたち、恋人同士だったね」

「どっちでもいいだろうが。そのプリンセサも自宅マンション内で今夜、何者かに殺害された」

「その話、少し前にプリンセサの妹分から教えてもらった。わたし、悲しいよ。プリンセサとは別れてしまったけど、彼女のこと、ずっと好きだったね」

「ゴメスの話によると、ミゲルというコロンビア人が〝パラダイス〟の荷受人だったらしい。ミゲルは新麻薬を自分の手許に置いとくと、何かと都合《つごう》がよくないんで、知り合いのコロンビア人娼婦たちに品物《ブツ》を預けてたと思われるんだ」

「そう」

「おそらくプリンセサが、新麻薬を知り合いの女たちに分散して保管してもらってたんだろう。依頼人のミゲルは新宿署の留置場で死んだし、プリンセサも殺害された」

「ミゲルとは何度か一緒に酒を飲んだことがある。ミゲルは誰に殺された？　わたし、それ、知りたいよ」

ハシムが言った。

「ミゲルは差し入れの弁当を喰《く》って死んだんだ。そのハンバーグ弁当には、毒物が混入されてたんだよ。〝パラダイス〟の送り主は、ミゲルの兄貴分のペドロ・サントスという男とわかってる。そいつはコロンビアにいるという話だったが、新麻薬の主な供給先である相馬組とは何らかの連絡を取り合ってるはずだ」

「あなたの話が事実なら、相馬組の石丸さんはわたしにゴメスの〝パラダイス〟をどうして盗ませた？　わたし、よくわからない。ペドロ・サントスから、いくらでも新麻薬は買えるはずね」

「おおかた石丸って舎弟頭は、個人的に小遣いを稼ぐ気になったんだろう。荷受人だったミゲルも〝パラダイス〟をゴメスに横流しして、利鞘《りざや》をてめえの懐に入れてたようだからな」

「石丸さんが個人的にこっそり金儲けをしたんだったら、それ、危険なことね。組長の相馬さんにバレたら、石丸さん、破門になる。下手したら、彼は命を奪われるよ」

「ああ、そうだな。そういうリスクをしょっても、石丸は個人的に金を稼ぎたかったんだろう」

「そうだとしても、危険すぎるね。石丸さん、まずいことをした」

「石丸のことより、てめえのことを心配しろ」

「え？」

「相馬組長はそっちが石丸に唆《そそのか》されて、ゴメスの〝パラダイス〟をかっぱらったことを知ったら、おそらく黙っちゃいないだろう。最悪の場合は、石丸とそっちは殺《や》られるかもしれないぜ」

「ええっ⁉」

「相馬がペドロ・サントスと相談して、ゴメス、ミゲル、プリンセサの三人を犯罪のプロに始末させたんだとしたら、石丸とおまえも消されそうだな」

久世はハシムを怯《おび》えさせた。

「わたし、どうすればいい？　頭が変になったみたいで、何も考えられないよ」

「おれに協力してくれたら、そっちに関西か九州に高飛びさせてやろう」

「協力するよ。わたし、マリアを連れて、どっかに逃げる。マリアというのは、一緒に暮らしてるコロンビア人の女ね」

ハシムが立ち上がって、早口で告げた。すっかり怯えた様子だった。

「石丸には、いつでも連絡がつくんだろ？」

「そうね。わたし、石丸さんの携帯電話のナンバーを知ってる。電源が切られてなかったら、すぐに連絡できるね」

「そうか。職安通りの『インシャラー』のオーナーとは親しいのか？」

「オーナー・シェフのサルマンとは、わたし、とっても仲いいね。わたしの頼みなら、なんでも聞いてくれるよ」

「それじゃ、石丸に呼び出しをかけたら、そのサルマンに電話をして、すぐに店を閉めさせろ」

「それ、困るよ。サルマンのレストラン、これから客が多くなるね」

「おれに協力できないってわけか。それなら、それでもいいさ」

久世は突き放すように言った。

「あなた、短気ね。そう怒らないで。わたし、あなたの味方よ。サルマンにどう言って、閉店にさせればいい？　わたしに、いいアイデアないよ」

「東京入管が新宿区内の不法滞在の外国人を一斉に摘発するって情報を耳にした。だから、『インシャラー』をすぐに空っぽにしたほうがいいと言うんだな。オーバーステイのイラン人客が検挙されたら、サルマンの店はたちまち潰《つぶ》れるはずだ」

「そうね、確かに。あなた、相馬組の石丸さんをサルマンの店に誘い出して、彼を締め上げる気ね。そうでしょ？」

「まあな。石丸には、イラン人ルートで格安の服《の》む覚醒剤を大量に仕入れられると作り話をしろ。売れに売れたタイ製の〝ヤーバー〟よりも仕入れ単価も安いと言うんだ。しかも、代金の支払いは三カ月後でいいと売り主が言ってるとな」

「そんな好条件なら、わたしがドラッグビジネスに乗り出したいね」

ハシムが片目をつぶり、懐から携帯電話を摑み出した。すぐに彼は数字キーを押しはじめた。

「久世先輩、いくらなんでも……」

秋山が小声で言った。

「おまえは、もう引き揚げてくれ」

「自分がいない隙《すき》に、相馬組の舎弟頭をとことん痛めつける気なんでしょ？」

「おれは心理的に石丸って野郎を追いつめるだけさ。だから、おれ、ひとりで充分だ。ただ、石丸と撃ち合いになったとき、流れ弾《だま》が秋山に命中しないとも限らない」

「自分、拳銃は不携行なんです」

「だったら、危《ヤバ》いなあ。おれは応戦するだけで精一杯になるだろうから、おまえのいる場所まで確かめる余裕はないと思うよ。若い奴を殉職させたら、寝覚めが悪いだろうな」

「跳弾《ちょうだん》に当たらないよう、気をつけます。石丸って男が発砲する前に身柄《ガラ》を先に押さえますよ。そうすれば、撃たれずに済むでしょう」

「そんなに事がうまく運ぶかな。石丸は堅気じゃないんだ。逃げたい一心で、暴れ狂うだろう」

「そうですかね」

「秋山の死顔を見たくないんだ。きょうは、おれの言う通りにしてくれ。頼むよ」

久世は軽く頭を下げた。

秋山が短く考えてから、黙ってうなずいた。彼はハシムを睨《にら》みつけてから、月極駐車場から出ていった。

ハシムが石丸と通話しはじめた。

久世は耳をそばだてた。ハシムは、久世の命令に従った。電話は、じきに切られた。

「どうだった？」

「石丸さんは三十分以内に『インシャラー』に来る。そう言ってたよ」

「そうか。それじゃ、今度はオーナー・シェフのサルマンに電話をしてもらおうか」

久世はハシムに言って、小さく笑った。

2

店内は静まり返っている。

ペルシャ料理店『インシャラー』だ。久世は厨房《ちゅうぼう》に隠れていた。

香辛料《こうしんりょう》の匂いがあたり一面に漂《ただよ》っている。むせそうだ。

ハシム・フセインは中ほどのテーブル席に坐り、煙草を吹かしている。その表情には、緊張と不安の色が交錯《こうさく》していた。

「二、三回、深呼吸しろ。そんな顔つきじゃ、石丸に怪しまれるからな」

久世はハシムに言った。ハシムが小さくうなずき、言われた通りにした。それでも、彼の強張《こわば》った表情はほとんど変わらなかった。

効果なしか。

久世は苦笑した。

その直後、店のドアが開いた。四十年配の短髪の男が入ってきた。太編《ふとあ》みのデザインセーターの上に、黒革のハーフコートを重ねている。下は、白っぽいウールスラックスだった。

「石丸さん、わざわざ来てもらって、ありがとうね」

ハシムが椅子から腰を浮かせた。

「いいってことよ。それより、〝ヤーバー〟よりも安い薬物《ヤク》が手に入るって?」

「そうね。石丸さん、リッチになれるよ」

「そいつはありがてえ話だな。女房《バシタ》にやらせてるブティックがずっと赤字で、おれも苦労してるんだ」

「バシタ? それ、どういう意味?」

「妻《ワイフ》のことだよ。やくざ者たちの隠語だよ、バシタってのは」

「そう。わたし、とっても勉強になった。日本語のボキャブラリー、また一つ増えたね」

「バシタなんて隠語は知らねえほうがいい。それよりハシム、〝パラダイス〟を約九千錠もかっぱらってくれて、ありがとうな」

「わたしも、石丸さんにお礼言うよ。九十万円近く謝礼を貰った。わたし、嬉しかったね」

「そうかい」

「石丸さん、わたしが盗んだゴメスのドラッグカクテルの買い手は見つかりそう？」

「ああ、もう見つかったよ。刑務所で同じ雑居房にいた奴が北陸で、組を構えてるんだ。そいつに、そっくり売ることになった」

「一錠いくらで売った？　わたし、それを知りたいね」

「それは言えねえな。けど、おいしいビジネスになりそうだ」

石丸がそう言い、ハシムと向かい合った。

「奥さんのお店の赤字、埋められそう？」

「半分ぐらいはな。ハシムが〝ヤーバー〟よりも安い新麻薬の卸し元にルートをつけてくれりゃ、すぐにブティックの赤字は埋められるだろう。ハシム、詳しい話を聞かせてくれねえか」

「その前に、わたし、ちょっと確かめたいことがあるね」

「なんでえ?」

「サイドビジネスのこと、相馬組長にバレない？　わたし、そのことが心配ね」

「大丈夫だよ。うちの組長《オヤジ》は、おれのことを信用してくれてるんだ。まさかゴメスの〝パラダイス〟を九千錠近くもハシムにかっぱらわせて、それを転売しようとしてるとは思ってねえさ」

「石丸さんは悪党ね、親分を裏切ってるんだから」

「組長《オヤジ》だって、曲者《くせもの》だぜ。関東桜仁会は麻薬ビジネスは御法度《ごはっと》なんだが、こっそり〝パラダイス〟を仕入れて、首都圏で売り捌《さば》いてる。もちろん、自分がダーティー・ビジネスに関わってることをバレないようにしてるな。もう二十億は稼いだと思うよ」

「そんなに!?」

「相馬の組長《オヤジ》は、関東桜仁会の副理事長のポストを狙ってるんだよ。だから、麻薬ビジネスに励んで、せっせと本部に上納金《じょうのうきん》を届けてる。昔と違って、おれたちの世界も武闘派よりも商才のある奴が偉くなってるんだ」

「そう」

「軍隊と同じでさ、やくざも位《くらい》が高くならねえと、いい思いはできねえんだ。うちの組長《オヤジ》の気持ちはわかるよ」

「それなのに、石丸さんは組長さんを裏切ってる。奥さんの店の赤字をなんとかしたいだけじゃないね？　わたし、間違ってるか？」

「ハシム、なかなか鋭いじゃねえか。実は、女絡《がら》みの恨《うら》みもあるんだ」

「相馬組長、石丸さんの奥さんに手を出した？」

「そこまではやらねえさ、いくら女好きの組長《オヤジ》でもな。けど、おれが口説《くど》きたいって思ってた演歌歌手を横からかっさらいやがったんだ。ハシムは知らねえだろうが、四年前まで若月笑美子って美人歌手がいたんだよ」

「わたし、そういう歌手《シンガー》は知らない」

ハシムが首を横に振った。

「だろうな。若月というのは芸名なんだ。本名は真山恭子で、いまは『泪橋』の女将をやってる。相馬組《うち》が歌謡ショーの興行をやったとき、若月笑美子をゲストに招《よ》んだんだ。おれは興行を任されてたんで、彼女とは何度も顔を合わせた」

「それで石丸さん、その美人歌手を口説きたくなったね？」

「ああ、その通りだ。けどな、おれがちょっかい出す前に相馬の組長《オヤジ》が美人演歌歌手を抱いて、自分の愛人《レコ》にしちまったというわけさ。それを知ったときは、ショックだったぜ」

「その気持ち、わかるね。わたしも初恋の女を従兄《いとこ》に奪われた。その彼女、従兄の妻になって、子供を三人も産《う》んだね。それで別人みたいに太ってしまった。わたし、がっかりしたよ」

「おれの場合は、ハシムとは違うんだ。いまも『泪橋』の女将は、いい女なんだよ。だから、組長《オヤジ》に先を越されたことが悔しくてな」

「石丸さん、かわいそう。それ、辛いことね」

「おれは内職で銭《ぜに》をしこたま稼いで、組長《オヤジ》を見返してやりたいんだよ。だから、ハシム、電話で言ってた麻薬ビジネスの話を詳しく話してくれや」

「オーケー！　いま、話すよ」

「頼むぜ」

石丸が身を乗り出した。ハシムが困惑顔で振り向いた。

久世は厨房から出た。石丸がすぐに中腰になった。

「誰なんだ、てめえは？」

「二人の話は聞かせてもらった。おれは本庁組対《そたい》の者だ」

久世はＦＢＩ型の警察手帳を見せた。石丸が力なく椅子に腰を戻し、ハシムを睨《ね》めつけた。

「てめえ、おれを嵌《は》めやがったんだなっ」

「仕方なかったね。わたし、ゴメスの〝パラダイス〟を盗んだこと、刑事《コップ》に知られてしまった」

「なんだって⁉」

「だから、わたし、警察に逆《さか》らえなかったよ。石丸さん、ごめんなさいね」

「くそったれが！」

「あんまり怒らないで」

ハシムが立ち上がり、久世に顔を向けてきた。

久世は無言でうなずいた。

ハシムが逃げるように『インシャラー』から出ていった。久世はショルダーホルスターからシグ・ザウエルP230Jを引き抜き、ゆっくりと石丸に近づいた。

「物騒な物をテーブルの上に置け！」

「おれは丸腰だよ。刃物《ヤッパ》も持っちゃいねえ」

「ゆっくりと立ち上がれ」

「わかったよ」

石丸が椅子から腰を浮かせた。久世は拳銃のスライドを引き、片手で石丸の体を探《さぐ》った。拳銃も匕首《あいくち》も所持していなかった。

「坐ってもいいやな」

石丸が勝手に椅子に腰を落とした。久世は立ったまま、石丸に銃口を向けた。

「いきなり拳銃をちらつかせた刑事《デコスケ》は初めてだよ。桜田門の組対四課だな？」

「いや、二課だ。去年から首都圏に出回ってる〝パラダイス〟のことを調べてる。相馬組はペドロ・サントスがミゲルやゴメス経由で流してる新麻薬を大量に買い付けて、密売してるな？」

「黙秘権を使わせてもらうよ」

石丸が両腕を組んだ。

「持久戦になりそうだな」

「そうだね」

「それじゃ、ちょっと筋肉をほぐしておくか」

久世は幾度か腰を捻《ひね》ってから、銃把《グリップ》の底で石丸の側頭部を強打した。耳の真上のあたりだった。急所だ。

石丸が呻いて、通路に転げ落ちた。テーブルとテーブルの間だった。

「悪い、悪い！　つい腕の振りが大きくなってしまったんだ」

「わざとやりやがったくせに！」

「そいつは曲解《きょっかい》だよ。仮にも、おれは現職刑事なんだ。わざと誰かを殴打するわけないじゃないか」

「ふざけやがって」

「一応、中野の東京警察病院でＣＴを撮《と》ってもらおう。脳挫傷《のうざしょう》を負ってるかもしれないからな」

「一瞬、意識が飛んだが、もう大丈夫だよ」

「それじゃ、近くの救急病院に運んでもらうか。いま、救急車を呼んでやろう」

久世はにやつきながら、そう言った。

「いいってば！」

「なんか心配だな。立てるか？　手を貸してやろう」

「自分で立てらあ」

石丸が怒声を張り上げ、椅子にどっかと腰かけた。側頭部を押さえているが、鮮血はにじんでいない。

「あんた、いくつなんだ？」

久世は問いかけ、テーブルに尻《しり》を半分載《の》せた。

「ちょうど四十だ。それがどうだってんだよっ」

「その年齢《とし》でまだ若中《わかちゅう》なら、出世は遅いほうだな。若頭補佐になるのは、七、八年先だろう」

「余計なお世話だっ」

石丸が言い返した。いかにも苦々《にがにが》しげな顔つきだった。

「出世が遅い上に、お気に入りの美人演歌歌手を親分に先に口説かれたんじゃ、面白くないやな。おれも同じ立場だったら、麻薬ビジネスの内職をしたくなるかもしれないよ。そうでもしなきゃ、腹の虫がおさまらないもんな」

「誘導尋問《じんもん》には引っかからねえぞ」

「組長《オヤジ》に虚仮《こけ》にされたのに、まだ庇う気か。お人好しだな、あんたは」

「うるせえ！」

「それはそれとして、あんたがゴメスの〝パラダイス〟をハシムにかっぱらわせて、昔の刑務所《ムショ》仲間に売ろうとしてることを相馬組長が知ったら、どうなるかね？」

「えっ」

「相馬は自分の子に面子《メンツ》を潰されたわけだから、それ相当の決着《オトシマエ》をつけなきゃ、笑い者にされる。小指《エンコ》を落とすだけじゃ、済まないだろう。おそらく、あんたはてめえの弟分たちの手で殺されることになるんだろうな」

「おれを威《おど》してやがるんだなっ」

「そう思いたきゃ、そう思え。それにしても、あんたはいい度胸してるよ。内職のことがバレりゃ、命奪《タマと》られることは予想できたはずだからな」

「上の娘は中学生なんだが、下の坊主はまだ小四なんだよ」

「だから、まだ殺《や》られたくないってわけか？」

「ああ」

「だったら、知ってることをすべて自白《ウタ》って、刑務所《ムショ》に逃げ込むんだな。刑務所にいれば、闇討《やみう》ちに遭《あ》うことはない」

「おれはそれで安全を確保できるが、家族のことが心配なんだよ。三十七歳の女房がソープや風俗店に売っ飛ばされることはないだろうが、二人の子供たちが何か危害を加えられるかもしれないからさ」

「それは考えられるな」

「旦那、なんとか力になってもらえないでしょうか？」

「急に言葉遣《づか》いが丁寧《ていねい》になったな」

「てめえのことはともかく、家族に辛い思いをさせたくないんですよ」

「やくざも人の子だから、家族愛は堅気と変わらないんだろうな」

「一般家庭よりも、やくざ者は家族思いが多いんですよ。ふだん女房や子供たちに肩身の狭い思いをさせてますからね。そういう負い目があるから、家族を大切にする気持ちが強くなるんでしょう」

「だろうな。こっちは、別にあんたの内職で点数稼ぐ気はないんだ」

久世は拳銃をホルスターに戻した。

「それでしたら、おれの秘密の遣り繰り《シノギ》には目をつぶってもらえませんかね。その代わり、知ってることは包み隠さずに喋りますよ。旦那、どうでしょう?」

「いいだろう。司法取引に応じよう」

「ありがとうございます」

石丸が額を卓上ぎりぎりまで下げた。

「まず確認しておきたいんだが、〝パラダイス〟の日本での荷受人はミゲルだったんだな?」

「ええ、そうです。ミゲルは自分がもろに表面に出ることを避けたくて、ラテンパブのオーナーのゴメスを連絡係として使ってたんですよ。ただの使いっ走りでは気の毒だと思ったのか、ミゲルはコロンビアのペドロ・サントスから送られてくる品物《ブツ》の一部をゴメスに回してやってたんです」

「あんたは、ゴメスがプールしてあったドラッグカクテルをハシムに盗《ギ》らせて、そいつを転売した。そうだな？」

「ええ、そうです。おれの内職の話は、それぐらいで勘弁してくださいよ。女房が商売下手で、何年もブティック経営で赤字を出してたんで、つい……」

「家族思いもいいが、麻薬《クスリ》の密売はよくないな。常用者は必ずジャンキーになって、身も心もボロボロになってしまう。あんた、自分の縁者や親しい知人に薬物を平気で売れるかい？」

「それはできませんね」

「どんな客にも、家族、友人、恋人がいるんだ。麻薬に溺《おぼ》れた当人には同情できないが、周囲の人たちの生活まで乱してしまうんだぜ」

「ええ、その通りですね」

「説教じみたことを言う柄じゃないが、麻薬の密売はやめるべきだな」

「わかりました」

「ペドロ・サントスとは面識があるのか？」

「おれは一面識もありませんが、組長は一度会ってるはずです」

「相馬組長はコロンビアに行ったのか？」

「そうじゃないんです。ミゲルに連れられて、コロンビア大使館で催《もよお》されたパーティーの会場で、組長《オヤジ》はペドロ・サントスに紹介されたと言ってました」

「そう」

久世は短い返事をしたが、大使館という言葉に引っかかっていた。

過去数十年で、現役外交官が麻薬や拳銃の密輸事件に関与したケースは決して少なくない。ことに中米、南米、中東の駐日大使館員が多く密輸の手助けをしていた。

彼らには治外法権があり、原則として赴任国の捜査権は通用しない。二等書記官クラスの外交官が犯罪組織に金や女で抱き込まれ、拳銃や麻薬の運び屋を務《つと》めた例は数え切れなかった。

大使館員たちは税関のチェックを受けずに出入国ができる。手荷物も検《しら》べられない。その気になれば、どんな物品でも赴任国に持ち込めるわけだ。

青い外交官ナンバーの車を夜の繁華街などで見かけると、パトロール中の制服警官はたいていナンバー照会をする。若い外国人大使館員が暴力団や外国人マフィアに取り込まれた疑いもあるからだ。

大学生のころ、世界最大のコカイン密売組織のメデジン・カルテルが自国の駐日大使館員たちをスキャンダルの主役に仕立てて、コカインを日本に運ばせた事件があった。その前後に、ペルーとエクアドルの駐日大使館員が麻薬や銃器の密輸事件に関わっていたことが報じられたはずだ。

久世は昔のことを思い出しながら、石丸の顔を見据《みす》えた。〝パラダイス〟の荷送人であるペドロ・サントスは死んだミゲルのほかにも、駐日大使館員を抱き込み、新麻薬をせっせと日本に運ばせていたのではないか。

メデジン・カルテルを率《ひき》いていた麻薬王のパブロ・エスコバルはコカインの密売で巨万の富を得て、本拠地であるメデジン市内にサッカースタジアムを造り、市民に開放した。そんなことで、一部のマスコミは麻薬王を義賊とさえ称《たた》えた。

しかし、その素顔は暗黒街の帝王だった。汚れた金を政治家、軍人、言論人、ギャングに気前よくばら撒《ま》き、麻薬撲滅《ぼくめつ》を叫ぶ人間はことごとく手下に葬《ほうむ》らせた。一九八九年八月に射殺された次期大統領と目されていたルイス・ガラン上院議員も犠牲者のひとりだ。

パブロ・エスコバルは対立組織のカリ・カルテルとの抗争に疲れ、一九九一年六月に自ら司法当局に出頭し、特別な収容施設に入れられた。ところが、翌九二年七月に脱獄し、コロンビア政府から五十億ペソもの懸賞金をかけられた。日本円に換算すれば、八億数千万円になる。

それだけの大悪党も、九三年十二月にメデジン市内の隠れ家で軍の治安部隊と派手な銃撃戦の末に撃ち殺されてしまった。それをきっかけに、宿敵のカリ・カルテルがコロンビア国内でのさばるようになった。しかし、エスコバルの子分たちは黙っていなかった。

両派は血みどろの闘いを展開し、相前後して壊滅した。それでも、両派の残党たちはいまも麻薬の密輸で荒稼ぎしている。

「メデジン・カルテルの生き残りのペドロ・サントスが駐日コロンビア大使館のパーティーに顔を出してるんだから、外交官の中に新麻薬の運び屋がいるのかもしれませんよ」

石丸が言った。

「そう思ってもよさそうだな。それはそうと、〝パラダイス〟はペドロ・サントスが南米のどこかで密造させてるのか？」

「それについては、まったくわかりません。ただ、ペルーかボリビアに密造工場があるとも考えられますよね？」

「そうだな。『泪橋』の女将は、店の二階で寝泊まりしてるのか？」

「いや、彼女の自宅は中野坂上《なかのさかうえ》にあります。『中野坂上レジデンス』の九〇一号室に住んでるんです。組長《オヤジ》が即金で高級分譲マンションを買ってやったんですよ」

「相馬は、元演歌歌手にぞっこんみたいだな」

「いい女ですからね、真山恭子は。組長《オヤジ》が恭子を好きにしてると考えると、無性《むしょう》に腹が立ってくるな」

「ジェラシーだな。ミゲルとゴメスは、相馬が組の若い者か殺し屋《プロ》に始末させたんじゃないのか？」

「それについては、おれ、何も知らないんだ。嘘じゃありません」

「もう一つ教えてくれ。相馬は、魚住由華って女を組員に拉致させたかもしれないんだが……」

「そういう話は聞いたことありませんね」

「確かだな？」

「ええ」

「相馬は、ボイス・チェンジャーを持ってるか？」

「断定はできませんけど、持ってないと思いますよ。ボイス・チェンジャーがどうしたんです？」

「いや、たいしたことじゃないんだ。ゴメスから奪った約九千錠の〝パラダイス〟は転売することを諦め、すぐに焼却処分しろ。それから、ハシム・フセインは追うな。その二点を約束すれば、そっちの内職のことは相馬組長には黙っててやろう。それから、そっちを逮捕《パク》りもしない。ただし、今後はおれのS《エス》になってもらう」

「Sって、スパイのことですね？」

「そうだ。相馬組長の動きを探《さぐ》って、おれに情報を流してくれ」

久世は、私物の携帯電話の番号を教えた。石丸が、そのナンバーを手早く登録した。ついでに久世は、相馬の携帯電話番号を石丸から聞き出した。

「旦那には、できるだけ協力しますよ。〝パラダイス〟の横奪《よこど》りの件に目をつぶってくれたんだから。この借りは生涯、忘れません」

石丸が神妙な顔つきで言った。

「そんなことより、時期を見て、足を洗ったら、どうだ？」

「いまさら、堅気《ネス》にはなれないでしょ？　わたし、総身彫《ぼ》りの刺青《スミ》入れてるんですよ」

「時間と金はかかるが、レーザーで肌絵《はだえ》を消すことはできるだろうが？」

「そうなんですがね」

「家族が大事だったら、そのうち組を脱《ぬ》けるんだな」

久世は石丸の肩を軽く叩き、先に『インシャラー』を出た。

3

課長と目が合った。

組対二課の刑事部屋に入室した瞬間だった。久世は早瀬に目礼した。ペルシャ・レストランで石丸を痛めつけた翌日の午前十一時過ぎだ。

課員は総勢五十人を数えるが、捜査員の数は疎《まば》らだった。新年早々に御徒町《おかちまち》の貴金属問屋街が福建省出身の中国人窃盗団に軒並《のきなみ》荒され、被害総額は七百億円にのぼった。犯人グループの遺留品は四点もあり、複数の目撃証言もあった。にもかかわらず、窃盗団一味の潜伏先もわかっていない。

一月末には、イラン人とパキスタン人の混成強盗団五人が銀座の高級クラブ六軒に押し入り、居合わせたホステス十数人を強姦し、それぞれの店から売上金を奪って逃走した。被害総額は一億二千万円を超《こ》えていた。

被害者の中には犯された後、性器を刃物で傷つけられた女性が三人もいた。また、半数以上の被害者が肛門まで穢《けが》されていた。

二月に入ると、歌舞伎町で上海マフィアと不良ナイジェリア人グループが銃撃戦を繰り広げ、双方に数人の死傷者が出た。野次馬の日本人男性が流れ弾に当たって、命を落としている。

各班は短い間に発生した凶悪犯罪の捜査に追われ、職場には班長クラスしか残っていなかった。

「久世君、ちょっと来てくれ」

早瀬課長がそう言い、フロアの一隅《いちぐう》にある会議室を指さした。

久世はうなずき、先に会議室に入った。十五畳ほどの広さで、楕円形《だえんけい》のテーブルが据《す》え置かれている。久世はテーブルを回り込み、窓際の椅子に腰かけた。

待つほどもなく課長がやってきた。手にしているのは捜査資料だろう。

久世は笹塚の自宅マンションを出る前に、前夜のことを電話で課長に報告してあった。彼は『インシャラー』を出ると、『泪橋』に向かった。

だが、相馬組長はもう愛人の店にはいなかった。久世は、相馬が組事務所に戻ったと思った。しかし、オフィス兼組事務所にもいなかった。

久世は、新宿区下落合《しもおちあい》にある相馬の自宅に回った。午前二時まで組長宅に張りついてみたが、相馬はついに帰宅しなかった。

「ペドロ・サントスの入国記録を調べてみたんだが、去年の九月、十一月、今年の一月と三回も来日してるね。いずれも渡航目的は観光で、滞在日数は三、四日だ。どう考えても、ただの観光じゃないだろう」

早瀬課長がテーブルの向こう側に坐り、捜査資料を差し出した。それを受け取り、久世はペドロ・サントスの入国記録に目を通した。顔写真も添えられている。

〝パラダイス〟の荷送人と考えられる元メデジン・カルテルのメンバーはスペイン人の血を多く受け継《つ》いだ顔立ちだ。哲学者を連想させる知的さも感じさせる。

「残忍なマフィアって感じじゃないな」

「そうだね。スペインの大学教授と偽ってもわからないだろうな。ペドロ・サントスが駐日コロンビア大使館主催のパーティーに出席したかどうかは確認できなかったが、二等書記官のリカルド・メンデス、三十三歳が彼と同じ町の出身だとわかったよ」

「その二等書記官の顔写真は？」

「手に入れたよ。ファイルの下のほうに、リカルド・メンデスに関するデータと顔写真があるはずだ」

課長が言った。

久世は何枚かの書類を捲《めく》って、リカルド・メンデスの項《こう》に目を落とした。

二等書記官は弁護士の父と音楽教師の母との間に生まれ、コロンビアの超名門大学を首席で卒業し、すぐに外交官になった。メキシコ、カナダの大使館勤務を経《へ》て、二年五カ月前から駐日コロンビア大使館にいる。

「石丸は、相馬組長がミゲルに連れられて大使館主催のパーティーに顔を出してると言ったんだね？」

早瀬が確かめた。

「ええ。そのパーティー会場で、相馬はミゲルにペドロ・サントスを紹介されたとも言ってました」

「メデジン・カルテルのメンバーだったペドロが大使館主催のパーティーに出席できるのは、二等書記官のリカルド・メンデスと同じ町の出身だったからだろう」

「そうだと思います。それから、ペドロはリカルドに鼻薬をきかせて、〝パラダイス〟を本国から日本に運ばせてたのかもしれません」

「南米の大使館員が拳銃や麻薬の運び屋をやってたケースは、過去の事例にたくさんある。久世君、それは考えられそうだね。リカルドはまだ独身だから、遊ぶ金はいくらあってもいいと考えてるのかもしれない」

「経済先進国の外交官たちが破格の俸給を貰って、自国の有力企業に便宜《べんぎ》を図ってやり、多額の賄賂《わいろ》を受け取ってるという噂は昔からありました。日本でも巨大商社が東南アジアの某国で駐在の大使館員に政府高官や王族にコネをつけてもらって、日本のODAの大半を工場や道路建設の名目で吸い上げたケースがあったと思います」

「ああ、あったね。南米諸国は欧米よりも汚職が多いことは統計で明らかだ。金品に弱い政治家や外交官がそれだけいるってことなんだろう」

「そうなんだと思います。リカルド・メンデスの私生活を探《さぐ》ってみましょう」

久世は二等書記官の顔写真を見た。リカルド・メンデスは、いかにも育ちがよさそうな印象を与える。目鼻立ちも整っていた。

「なかなかハンサムだよな?」

「ええ、そうですね」

「二等書記官に張りつく前に、相馬組長を少し揺さぶってみる手もあるね」

「そうするつもりでいました。関東桜仁会は博徒系の組織ですから、麻薬ビジネスは御法度になってます」

「ああ、そうだね。相馬組が新麻薬の密売に関わってることを本部が知ったら、二次団体は解散させられるだろう」

「その相馬の弱みを衝《つ》こうと思ってるんですよ」

「どんな手を使う気なんだ?」

「大阪か九州の暴力団の名を騙《かた》って、相馬に〝パラダイス〟を譲ってくれと迫るつもりです」

「うまい手を考えたね。相馬は麻薬ビジネスのことを関東桜仁会の本部に密告されたら、万事休すだ。渋々ながらも、相談に乗らざるを得なくなる」

「ええ、そうですね。相馬がすぐに新麻薬を回すとは約束しないでしょうが、無下《むげ》にはできないはずです」

「そうだね。しかし、警察の罠と見抜かれたら、久世君の身は危なくなる。バックアップ要員を三、四人用意しよう。秋山だけでは、頼りないからね」

「SAT《サット》のメンバーのころは、出動のたびに殺されそうになったもんです。いまさら、どうってことありませんよ」

「しかしね……」

「ご心配なく。仮に殉職するようなことがあっても、課長の責任ではありません。こっちの運が悪かっただけです」

「久世君、あまり無理をするなよ。同僚たちの後方支援を受けることは、別に恥になるわけじゃないんだ」

「ええ、わかってます。ですが、単独のほうがやりやすいんですよ」

「そういうことなら、敢《あ》えて反対はしないがね」

「秋山には、二等書記官の動きを探《さぐ》らせてください」

「わかった」

早瀬課長が顎《あご》を小さく引いた。

久世は先に会議室を出て、自席についた。スチールデスクの引き出しから、プリペイド式の携帯電話を取り出す。

いつも使っている携帯電話の液晶ディスプレイに相馬組長のナンバーを表示させ、プリペイド型《タイプ》の機種の数字キーを押していく。ツウコールで、電話が繋がった。

「関東桜仁会相馬組の組長さんやね？」

久世は先に口を開いた。

「相馬だが、おたくさんは？」

「わし、藤本《ふじもと》言いますねん。大阪の浪友会《ろうゆう》の盃《さかずき》貰《もろ》てる男ですわ。組長さん、ええ内職してますやん」

「何を言ってるんだ?」

「隠さんでもよろしいがな。わし、知ってますんやで。去年の秋から首都圏に出回ってる新麻薬の〝パラダイス〟を組長さんが本部に内緒に捌《さば》いてることをな。わし、池袋で中国人の小口密売人から〝パラダイス〟を十錠買《こう》て、知り合いの薬剤師に成分を分析させてん。それで、アンフェタミンにLSDが混合されてることがわかったんや」

「おたく、何か勘違いしてるみたいだな。電話、切るぜ」

「待ちいな。わし、ただのフカシこいてるわけやないで。組長がゴメスいうコロンビア人を連絡係にして、ミゲルから〝パラダイス〟を大量に買い付けたことも調べ上げてん」

「えっ」

「ゴメスとミゲルが何者かに殺《や》られたことも知ってるで。それで、その二人は小物やと直感してん。〝パラダイス〟の卸し元がおるんやろ、ミゲルたちの背後に?」

「……………」

「肯定《こうてい》の沈黙ってわけやな。その卸し元は、やっぱりコロンビア人なんやろ? わしも一応、一家を構えてるんやけど、企業舎弟《フロント》がどこも赤字出しおって、四苦八苦してんねん。浪友会は薬物《ヤク》を扱うことも黙認してるさかい、わし、組長さんみたいに〝パラダイス〟を売りまくって、少しは遣り繰り《シノギ》を楽にしたい思うとるんや」

「…………」

「黙りこくってるんは、よっぽどショックやったからやろうな。できたら、〝パラダイス〟の卸し元を教えてもろて、先方さんと直《じか》取引したいとこやね。けど、そこまで要求するのは酷《こく》や。仁義も情《じょう》もないやもんな」

「…………」

「相馬組長、仕入れ値は一錠いくらやねん？　百円か、二百円やろうな。もっと高《たこ》うても、三百円止まりやね？　それを末端で千五百円で捌《さば》いてるんやから、おいしい裏ビジネスや。わし、仕入れ値に百五十円乗っけて譲ってもらうわ。決済は現金《ゲンナマ》でかまへん。それやから、毎月、三万錠はわしに回してほしいんや。どないやろ？」

「おれは麻薬は扱ってない」

「もう観念しいや。わしな、おたくが元演歌歌手の若月笑美子を囲っとることまでわかってんねん。彼女の本名は、確か真山恭子さんやったな」

「てめえ、そこまで……」

「美人演歌歌手がこぶしを回すときは、ほんまに色っぽかった。切なそうに眉根《まゆね》を寄せて、まるで〝よがり顔〟そのものや。組長さんの下で、若月笑美子はああいう顔をするんやろうな。床上手《とこじょうず》の深情《ふかなさ》けなんやろ？」

「くだらねえことを言ってんじゃねえ」

相馬が声を尖《とが》らせた。

「わしを怒らせる気なんか？　ええけど、あんた、後《あと》で悔《く》やむことになるで」

「くそっ」

「組長さんがわしに協力する気がないんやったら、関東桜仁会の本部に内職の件を密告《チク》るで。それだけや、面白《おもろう》ないな。元美人演歌歌手を引っさらって、姦《や》ったるわ」

「恭子におかしなことをしやがったら、てめえをぶっ殺すぞ！」

「わしな、あんたと仲ようやりたいんや。そう短気起こさんと、わしに協力してんか。とにかく、一度どこかで会わへんか？　実はわしな、いま、東京におるんや」

「…………」

「午後一時に西新宿の京陽プラザホテルの一階のティールームに来てんか？」

「きょうは都合《つごう》悪いな」

「そないわがまま言うんやったら、若い者《もん》を『中野坂上レジデンス』の九〇一号室に押し入らせて、あんたの情婦《おんな》を人質に取るで。それで、あんたの目の前で若い者に真山恭子をレイプさせたる。ほんまや。それでも、ええんか?」

「わかった。京陽プラザホテルに行くよ」

「もし来《こ》んかったら、あんたはもう破滅やで」

「で、そっちの特徴は?」

「わし、濃いサングラスをかけたまま、ティールームに入るわ。それやったら、すぐにわかるやろ?」

「ああ、多分な」

「わし、組長さんの顔知ってるさかい、替え玉使《つこ》うても無駄やで」

「ちゃんと約束の時間までには行くよ」

「ほな、後でな」

久世はプリペイド式の携帯電話を折り畳んで、上着の右ポケットに突っ込んだ。

椅子から立ち上がり、刑事部屋を出る。久世はエレベーターで地下三階に下《くだ》り、覆面パトカーのマークXに乗り込んだ。パーリーブラウンの車体は、うっすらと埃《ほこり》を被《かぶ》っていた。

本庁舎の地階一、二、三階にそれぞれ車庫がある。久世は、あまり捜査車輌を使わない。そのため、自分に割り当てられた覆面パトカーを地下三階に駐《と》めておくことが多かった。

本庁舎を出ると、すぐ西新宿に向かった。

目的のシティホテルに着いたのは、正午過ぎだった。久世はマークXを地下駐車場に預け、一階のグリルで昼食を摂《と》った。

注文したのは、ビーフシチューのセットだった。フランスパンと野菜サラダが付いていた。値段の割には、味は悪くなかった。ビーフは舌の上で蕩《とろ》けた。

久世は食後の一服をしてから、グリルを出た。フロントの前を抜け、エントランスロビーまで歩く。

久世は人待ち顔をつくって、ロビーを見回した。暴力団関係者らしき人物は見当たらない。ティールームに向かいかけたとき、大きな観葉植物の鉢の向こうに知った顔を認めた。

警察学校で同期だった外事二課の村尾繁《むらおしげる》警部だった。同い年である。特に親しいというわけではなかったが、年に何度かは二人で酒を酌《く》み交わしていた。

久世は村尾に歩み寄って、明るくからかった。

「昼下がりの情事でも娯《たの》しむのかな?」

「よう、久世!」

村尾が読みかけの全国紙を折り畳んだ。

久世は村尾のかたわらに坐り、脚《あし》を組んだ。村尾の頭から、馴染み深い整髪料の香りが匂ってくる。警察学校時代から同じ整髪料を使っていた。柑橘《かんきつ》系の香りだ。

「女性とホテルで密会ならいいんだけど、情報提供者を待ってるんだよ」

村尾が小声で言った。外事二課は、中国や北朝鮮の情報活動に目を光らせている。

「核実験を強行した北の独裁国が工作員をたくさん送り込んできたのか？」

「いや、そうじゃないんだ。中国のほうさ。人民軍の幹部が日本にいる香港マフィアと共謀して、死刑囚の腎臓をこっちで密売しようとしてるという情報が入ってきたんだよ」

「偽情報《ガセネタ》っぽいな。臓器移植は時間との競争なんだ。大陸から船で移植用の腎臓を日本に運び込んでも、使いものにならないだろうが」

「搬入先は沖縄本島らしいんだ。凍らせた腎臓を大陸からジェット高速艇で運べば、なんとか移植手術に間に合うようなんだよ。これから会う情報提供者は、何度か中国人死刑囚の腎臓を運んだことがあるというんだ」

「そうか」

「久世も、何かの内偵なんだろ？」

「貴金属店荒らしをやってる中国人マフィアどもの情報集めだよ」

「不良外国人は、日本の警察を恐れてないからな。奴らは、やりたい放題だ。このまま、日本の裏社会も連中に乗っ取られそうだな」

「そうはさせないさ。それより、村尾、いまどき整髪料は流行《はや》らないぜ」

「そうなんだが、おれは髪に寝癖《ねぐせ》がついちゃうんだ。だから、いまも昔から使ってるヘアトニックのお世話になってるんだよ」

「そうだったのか」

「久世と話し込んでると、情報提供者に怪しまれるかもしれない。おれ、いったん表に出て、十分ほど時間を遣《や》り過ごすよ」

「そう」

久世は短い返事をした。

「近いうち、また飲もうや」

「そうだな。都合のいい日に声をかけてくれよ」

「わかった、そうする。じゃあ、また!」

村尾がソファから立ち上がり、大股で出入口に向かった。

久世はサングラスをかけてから、ティールームに入った。レジのそばのテーブル席に落ち着き、エスプレッソを注文した。

久世はセブンスターに火を点け、店内をさりげなく見回した。相馬は、どこにもいなかった。やくざっぽい男たちの姿も目につかない。

煙草を喫《す》い終えたとき、懐で私物携帯電話が打ち震えた。

久世は素早く携帯電話を摑み出した。発信者は、相馬組の舎弟頭の石丸だった。

「いま、旦那は京陽プラザホテルのティールームにいるんでしょ？」

「そうだ」

「うちの組長《オヤジ》は、そこには行きません。旦那は浪友会の極道に化けて、組長《オヤジ》を揺さぶったんでしょ？」

「あんたは相馬に、おれの正体を突きとめろって命じられたんだな？」

「ええ、その通りです」

「どうするつもりだ？」

「旦那を尾行してて、途中で見失ったって組長《オヤジ》に言っときます。そうすれば、どちらにも都合がいいでしょ？」

「まあな。こっちは、相馬が〝パラダイス〟の密売に深く関与してることを確信したわけだから、むやみに組長を刺激しないほうが得策だろう」

「そうですね」

「引きつづき、相馬の動きを探《さぐ》ってくれ。コロンビア人の誰かと接触するようだったら、必ず連絡を頼む」

「わかりました」

「よろしく！」

久世は通話を切り上げた。折り畳んだ携帯電話を上着の内ポケットに収めたとき、ウェイターがエスプレッソを運んできた。

久世は礼を言って、小さなカップをゆっくりと摑み上げた。

4

夕闇が一段と濃くなった。

まだ午後五時前だった。早春とは名ばかりで、日没時刻は真冬と変わらない。

久世は『中野坂上レジデンス』の屋上に立っていた。ほぼ真下に、真山恭子の住む九〇一号室がある。

久世は違法捜査と知りながら、相馬組長の愛人宅に侵入する気でいた。あくまで関西の極道を装い、元演歌歌手のパトロンを誘《おび》き寄せる計画だった。

久世はあたりに人の目がないことを確認してから、腰に巻きつけてある鉤《フック》付きのロープをほどいた。

グラッピング・ロープと呼ばれているもので、素材は特殊鋼をプラスチック加工した特注品だ。『ＳＡＴ《サット》』の隊員たちは、ビルから隣の建物や屋上に移る際《さい》、この特殊ロープを使っている。

まず最初にフックを目標建築物の突起部分にしっかりと嚙ませ、現在地の手摺《てすり》や鉄塔に結びつける。それから、ロープに手脚《てあし》を絡《から》ませて逆クロール泳法の要領で伝い進んでいく。

グラッピング・ロープはそれだけではなく、ビルの壁面や鉄塔を降下するときにも用《もち》いられている。橋上から河原に降りるときにも使われることが多い。

ヤモリと綽名《あだな》された久世は、素手でも九〇一号室のベランダに伝い降りることは苦もなかった。しかし、陽《ひ》が翳《かげ》ると同時に風が出てきた。

いま降下にしくじったら、魚住由華を捜すことも救出もできなくなってしまう。そうなることは避けたい。そんなわけで、大事をとることにしたのだ。

久世はフックを屋上の手摺に掛け、特殊ロープを壁面に垂らした。

ロープの先端が風に揺れはじめた。

久世は手摺を跨《また》ぎ、両手でロープを握った。起毛《きもう》のチノクロスパンツの裾《すそ》がはためきはじめた。思いのほか下からの風が強い。

久世は慎重に降下し、九〇一号室のベランダに降りた。

中腰になって、ロープを下から大きく煽《あお》る。フックは、じきに手摺から外れた。

久世はグラッピング・ロープを手早く回収し、ふたたび腰に巻きつけた。

ベランダは居間に接しているようだった。厚手のドレープカーテンでサッシ戸は閉ざされていたが、電灯は点いている。

久世は腰を屈《かが》めたまま、サッシ戸に接近した。内錠は掛かっていた。

しかし、久世はクレセント錠を外す方法を知っていた。肩口で内側のガラス戸を押しながら、外側のサッシ戸を上下左右に幾度か動かす。一分も経《た》たないうちに、呆気《あっけ》なく半月形の内錠は外れた。

久世は外側のサッシ戸を手前に引きながら、横に動かした。

造作なく開いた。三十センチほど横に払い、室内に忍び込む。

やはり、ベランダに接しているのはリビングだった。

外国製と思われる総革張りのソファセットが真ん中に置いてあった。リビングボードの上には、トロフィーが幾つか並んでいる。元演歌歌手が現役時代に貰ったトロフィーだろう。

久世は居間のサッシ戸を静かに閉め、土足で隣室に足を向けた。左手の洋室は寝室になっているようだ。

ドアは細く開いていた。その隙間から、女の荒い息遣《いきづか》いが洩《も》れてくる。恭子はパトロンに抱かれているのか。

相馬組長がここにいるなら、手間が省《はぶ》ける。

久世は寝室のドアの前まで進んだ。

ダブルベッドの横に、全裸の男が立っていた。総身彫《ぼ》りの刺青《いれずみ》が目を射《い》る。

男の向こうには、長襦袢《ながじゅばん》姿の女がひざまずいていた。部屋の主だろう。しかし、男は相馬とは体型が異《こと》なる。

舎弟頭の石丸だろうか。

久世は横に動き、改めて寝室を覗いた。

やはり、恭子に口唇愛撫をさせているのは石丸だった。彼は恭子のほっそりとした項《うなじ》に短刀を寄り添わせていた。

「もう少し舌を使ってほしいな。組長《オヤジ》のマラをしゃぶるときみたいにさ」

「…………」

「そっちが歌謡ショーにゲスト出演してくれたときから、ずっといい女だなって思ってたんだよ。ひと目惚れした相手に短刀《ドス》なんか突きつけたくなかったんだが、ま、仕方ないやな。そっちは相馬の愛人《レコ》になっちまったわけだから」

「…………」

「おっ、いいね。抜群だよ。感じるね。組長《オヤジ》は、いつもこういうことをしてもらってるんだな。くそっ！　あんなブルドッグみてえな面《つら》してる男のどこがいいんだい？　やっぱり、金の魔力に負けちまったのか」

「…………」

「こんなにいいマンションを即金で買い与えてもらったし、月々のお手当もたっぷり貰ってるんじゃ、相馬と離れられなくなっちゃうかもしれねえな。けどさ、組長《オヤジ》はそっちに飽《あ》きたら、紙屑《かみくず》みたいに棄《す》てると思うぜ。そのときは、あんた名義になってる部屋も取り上げられるだろうな。そんな惨《みじ》めなことになってもいいのかい？」

「…………」

「おれの愛人《レコ》にならないか？　その気になりゃ、おれだって、十億や二十億の銭《ぜに》は工《く》面《めん》できる。いつまでも組長《オヤジ》のセックスペットじゃ、哀《かな》しいだろうが。おれは、あんたが白髪になっても面倒見るよ」

「………」

「もう限界だ。ベッドに移ろうや」

石丸が腰を引いた。

久世は寝室に走り入り、石丸の首筋に手刀打《しゅとう》ちを見舞った。石丸が横倒れに転がった。弾《はず》みで、短刀が床に落ちた。久世は身分を隠すことをやめた。

「あなたは一度、お店に……」

恭子が長襦袢の襟元を掻《か》き合わせながら、発条《ばね》仕掛けの人形のように立ち上がった。

「もう安心しても大丈夫だ。石丸に刃物で脅されたんで、屈辱的なことを強《し》いられたんだな？」

「ええ、そうです。短刀を見たら、竦《すく》み上がってしまって、言いなりになるほかなかったんです。あなたは？」

「警視庁の者だ」

久世は部屋の主に言って、石丸に顔を向けた。

「いったい、どういうことなんだ？　説明してもらおうか」

「組長《オヤジ》は、おれがゴメスの〝パラダイス〟をハシム・フセインに盗《ギ》らせたと見抜いてるみたいなんです。だからだと思うけど、相馬は浪友会の極道と称してる謎の脅迫者を突きとめて始末しなかったら、このおれを絶縁にすると言ったんですよ」

石丸が釈明した。

やくざが所属している組織で取り返しのつかない不始末をした場合、破門か絶縁になる。破門扱いのときは組から追放されるが、別の暴力団に世話になることは認められている。しかし、全国の親分衆に絶縁状を回されたら、裏社会では二度と生きていけない。その掟《おきて》は、いまも固く守られている。

「絶縁状回されたとき、そっちは堅気にはなりきれないと思ったようだな」

「ええ、まあ。それで、自棄《やけ》を起こして、組長の情婦《おんな》を寝盗《ねと》ってやれって気持ちになって……」

「それだけじゃないよな？」

「え？」

「絶縁状を回されたんじゃ、やがて家族を養うこともままならなくなる。で、そっちは相馬がどこかに保管してる新麻薬をかっさらって、地方の暴力団に売る気だったんじゃないのか？」

「旦那にゃ、かなわないね。実を言うと、元演歌歌手を姦《や》ったら、〝パラダイス〟の隠し場所を探《さぐ》り出す気でいたんです」

「やっぱり、そうか。懲《こ》りない奴だな」

「反論するようですが、長いこと筋嚙《すじか》んでた人間が足を洗っても、まず雇ってくれる会社や店はないでしょう。といって、何か事業をやるだけの資金もない。だから、つい悪いことを考えちまったんですよ」

「本気で真面目に働く気があるんだったら、おれが就職先を紹介してやってもいいよ。知り合いに段ボール製造会社、運送会社、タクシー会社なんかのオーナー社長がいるんだ。製パン会社の創業者も知ってるな」

「旦那……」

「涙ぐんだりされると、おれはどうしていいのかわからなくなる。石丸、とりあえず身繕《みづくろ》いしろや」

久世は言った。

石丸が子供のように大きくうなずき、床からプリント柄のトランクスを抓《つま》み上げた。坐ったまま器用にトランクスを穿《は》き、長袖シャツを着た。ほどなく石丸は衣服をまとい終えた。

「旦那、おれを警察に連行する気なんでしょ？　おれは刃物をちらつかせて、組長《オヤジ》の愛人をレイプしようとしたわけだから」

「婦女暴行の類《たぐい》は、親告罪《しんこくざい》なんだよ。被害者が訴えなければ、立件されない」

久世は石丸に言い、恭子に顔を向けた。

「どうする?」

「わたし、石丸さんに強要されたことを誰にも知られたくありません。特に相馬のパパにはね」

「それはそうだろうな」

「だから、わたし、石丸さんを訴えたりしません」

「部屋に押し入ったことにも目をつぶってもいいんだね?」

「はい」

恭子が答え、足許から着物や帯を拾い上げた。

「そういうことだから、そっちは消えてもいいよ。ただし、短刀《ドス》は持って帰れ」

久世は石丸に言った。

「また、旦那に借りを作ってしまったな。組長《オヤジ》に締め上げられても、浪友会の極道と名乗った謎の男が旦那だとは決して吐きません」

「そうか」

「えーと、それからですね、頼まれたことはきっちりとやり遂《と》げますんで、安心してください」

「相馬には、尾行中におれを見失ったと言ってあるんだな?」

「ええ、そうです」

「わかった。そっちは早く消えてくれ。『汨橋』の女将に訊《き》きたいことがあるんだ」

「わかりました」

石丸が床《ゆか》から刃物を摑み上げ、あたふたと寝室から出ていった。和服を身につけた恭子はダブルベッドに浅く腰かけていた。

「お店に向かおうとしたときに、石丸が部屋に押し入ってきたんだね?」

「はい、宅配便の配達人の振りをして。玄関のドアを開けたら、いきなり刃物を突きつけられたんです。そのまま石丸さんに寝室に連れ込まれて、着物を脱がされたんです。わたし、全身がわなわなと震えて……」

「その先のことは言わなくてもいい。それより、ベランダから侵入したことを詫《わ》びなくちゃな。れっきとした住居侵入罪になるわけだからね。そっちが一一〇番してもかまわないぜ。その代わり、おれは寝室で見たことをそっくり所轄署の連中に話すことになるけどな」

「わたし、一一〇番なんかしません。あのう、屋上からロープを伝って、九〇一号室のベランダに降りたんですか？」

「まあね」

「ちゃんと戸締まりをしたはずなんだけど……」

「内錠を外から解除する方法があるんだよ。もっと頑丈《がんじょう》な錠を別に取り付けるんだな」

「はい、そうします。それはそうと、相馬のパパは麻薬の密売もしてるんですか？」

「その疑いが濃いんだ」

「『泪橋』にコロンビア人のゴメスさんをパパはよく呼びつけてたんで、もしかしたら、コカインを南米から密輸してるとは思ってたんですけど、さっき新麻薬がどうとかって言ってましたでしょ？」

「ああ」

久世は、〝パラダイス〟が新しいタイプの混合麻薬であることを手短に説明した。さらに〝パラダイス〟の常用者たちが幻覚に襲われて、行きずりの人間を殺傷した事件が多発している事実を語った。

「ただの覚醒剤よりも、ずっと怖いドラッグなんですね」

「そう言ってもいいと思う。これまでの調べによると、コロンビアに住んでるペドロ・サントスという元メデジン・カルテルの幹部が〝パラダイス〟を新宿にいたミゲル宛に送ってたようなんだ。ゴメスはミゲルに頼まれて、相馬組長との連絡役を務めてた。ゴメスは射殺され、ミゲルは新宿署の留置場で毒殺されてしまった」

「警察内で毒殺されたんですか⁉」

「ああ。何者かがミゲルに差し入れた仕出し弁当に毒物が混入されてたんだ。実行犯は別人のはずだが、ミゲルとゴメスを始末させたのは相馬組長か、ペドロ・サントスと思われるんだよ」

「パパはゴメスさんとは気が合うようで、とっても仲がよかったんです」

恭子が言った。

「だから、ゴメス殺しに相馬はタッチしてないんじゃないかと言いたいんだな？」

「ええ。ミゲルさんの事件については何も言えませんけど、ゴメスさんを射殺させたのは相馬のパパじゃない気がします」

「しかし、ゴメスとミゲルが警察にマークされてると知ったら、相馬は焦《あせ》るにちがいない」

「それは、ペドロ・サントスというコロンビア人にも言えることですよね。言い換えれば、そのペドロさんがゴメスさんとミゲルさんを誰かに殺させたとも考えられるわけでしょ?」

「ま、そうだな」

「わたし、パパは殺人に関しては無実だと思いたいわ。相馬のパパは確かに気性が荒いけど、人間的な優しさは失っていないんです。酒乱の夫にいじめ抜かれた母親が四十三歳で病死したことを打ち明けたときは、ずっと泣き通しだったの」

「男は、たいてい母親思いだからな。若くして亡《な》くなった母を不憫《ふびん》がったからって、それで人間的に優しいとは言えないよ」

久世は異論を唱《とな》えた。

「そうでしょうか」

「そんなことで言い争っても意味ない。警察の調べで、ペドロ・サントスが去年の秋から三度も日本に来てることがわかってるんだよ。パトロンの口から、ペドロの名を聞いたことは?」

「一度もありません」

「駐日コロンビア大使館勤務のリカルド・メンデス二等書記官の名は?」

「その方のお名前だけは知ってます。だいぶ前にパパはコロンビア大使館で開かれたパーティーに出席して、お土産《みやげ》にカカオ・チョコレートとコーヒー豆の詰め合わせをいただいてきて、それをここに置いていったんです。そのとき、日本語の上手なリカルドさんの話が出たんです。その方は東洋通で、日本、中国、韓国の歴史や文化に精《くわ》しいんだと言ってました」

「そう。ペドロ・サントスとリカルド・メンデスは同じ町の出身なんだよ。ペドロは元巨大犯罪組織のメンバーで、リカルドは有能な若手外交官だ。出身地が一緒じゃなければ、とうてい交友はなかっただろう。そっちも知ってると思うが、どこの外交官でも赴任先の国の法律は適用されないんだ。出入国はもちろん、手荷物もほとんどノーチェックなんだよ」

「何をおっしゃりたいんですか?」

恭子が訝《いぶか》しそうな顔つきになった。

「外交官特権を悪用して、拳銃、麻薬、核物質なんかを密輸した大使館員は昔から後を絶《た》たないんだ。ことに経済発展途上国の外交官たちが、その種の不正に手を染めることが多いんだよ。赴任先の先進国で豊かな物質社会を垣間見て、金銭欲や物欲が膨らむんだろうな。はっきり言おう。リカルドって外交官がペドロ・サントスに金や物で抱き込まれて、新麻薬の運び屋をやってるかもしれないんだ。ミゲルのルートとは、別にね。逆に考えれば、リカルドという確実な運び屋を確保したら、ミゲルやゴメスは必ずしも必要ないわけさ。だから、相馬は荷送主のペドロ・サントスと相談して、第三者にミゲルとゴメスを始末させたという推測もできる」

「それだけじゃ、パパを逮捕することはできませんよね？」

「ああ、残念ながらね。やくざは誰も叩けば埃《ほこり》が出るもんだ。相馬を別件の容疑で引っ張ることはできるんだよ。しかし、おれはそういう姑息《こそく》な手段は使いたくないんだ」

「そうなんですか」

「ところで、相馬はどこかに別荘を持ってる？」

「那須《なす》高原に別荘があるはずよ。でも、パパの家族がしょっちゅう別荘に出かけてるみたいだから、新麻薬を隠すことはできないと思います」

「そうだな。都内に相馬はセカンドハウスを持ってるんじゃないのか？」

「いいえ、持ってないはずです。それから、トランクルームを借りてるという話も聞いたことないですね」

「そうか。いくらなんでも、相馬興産ビル内に〝パラダイス〟を保管するほど間抜けじゃないだろう。まさかここに新麻薬が隠してあるんじゃないよな？」

「危《ヤバ》いものなんか、何もありませんよ。お疑いなら、家捜ししてもかまいません」

「家宅捜索令状を取ったわけじゃないんだから、そこまではしないよ。その代わり、おれがここに来たことは相馬には黙っててほしいんだ」

「わかりました。それだけでいいんですか？」

「どういう意味だ？」

「石丸さんに脅されて、恥ずかしいことをしたでしょ？　わたし、そのことを絶対にパパに知られたくないの。わたしは愛人をやってるわけだから、体で口止め料を払うわけにはいかないんです。でも、数十万のお車代なら、差し上げられるわ」

「おれは強請《ゆすり》屋じゃない」

久世は恭子に背を向けた。

第四章　美人脱北者の周辺

1

腰が痛くなってきた。

長いこと坐りつづけているせいだろう。久世は覆面パトカーの中から、相馬の自宅を注視していた。

彼は『中野坂上レジデンス』を出ると、偽電話で相馬がオフィス兼組事務所にいるかどうか探《さぐ》りを入れてみた。その結果、組長はいないことがわかった。

それで、久世は相馬の自宅を張り込む気になったわけだ。組長宅はJR目白《めじろ》駅から五、六百メートルほど離れた閑静な住宅街の一画にあった。

敷地は二百坪前後で、庭木が多い。数寄屋《すきや》造りの住宅も大きかった。

門柱や生垣《いけがき》には、防犯カメラが三台も設置されていた。門扉《もんぴ》越しにドーベルマンの姿が見える。真っ黒い番犬は首輪こそ付けているが、庭に放し飼いにされていた。

住み込みの若い組員たちが三十分置きに邸内から出てきて、不審者の有無《うむ》をチェックしている。そのため、久世はちょくちょく覆面パトカーを移動させていた。

相馬が在宅しているかは未確認だった。久世は張り込む前に外車のセールスマンを装って、組長宅に電話をしてみた。受話器を取ったのは若い男だった。多分、部屋住みの見習い組員だろう。

久世は、相手に世帯主と直《じか》に話をさせてほしいと頼んだ。そのとたん、電話は切られてしまった。相手は無言だった。

午後九時を過ぎていた。

久世は上着の右ポケットから、プリペイド式の携帯電話を取り出した。相馬の携帯電話をコールする。

「誰だ？」

相馬がスリーコールの途中で電話に出た。

「浪友会の藤本や。京陽プラザホテルのティールームに来《こ》んかったやないけ。それだけやない。あんたは、組の者にわしを尾《つ》けさせた。尾行を撒《ま》くのに苦労したで」

「恭子のマンションには行かなかったらしいな」

「心配になって、情婦《おんな》に電話したんやな?」

「そうだ」

「わし、作戦を変えたんや。夕方の六時過ぎから、下落合のあんたの家《ヤサ》の近くにおるねん。自宅におるんやったら、すぐ外に出てこいや」

「出先なんだ、いまは」

「ほんまやな。あんたには一度、約束をすっぽかされてる。信用できんわ。わしな、五個も手榴弾《パイナップル》を持っとるんや。ドーベルマンをミンチにしてから、庭先に二、三個投げ込んだろか。あんたが家から出て来んかったら、家族の誰かを人質に取るで。元演歌歌手の愛人《レコ》も大事やろうけど、子供はもっと大切にしとるんやないのか?」

「おれの子供を拉致しやがったら、浪友会と全面戦争だ」

「上等や。浪友会《うち》は、神戸の最大組織や京都小鉄会とは友好関係にあるんやで。それに関東御三家とは紳士協定を結んどる。関東桜仁会を助《ス》けてくれるのは弱小団体だけやろうな。最初っから、勝負にならんちゃう?」

「なめた口をききやがって」

「組長さん、お互いに少し頭を冷やそうやないか」

久世は穏《おだ》やかに言った。

「なんでえ、急に……」

「わしは〝パラダイス〟を分けてほしいだけや。組長に損はさせんわ。そやから、ぜひ新麻薬をまとめて譲ってほしいねん。な、頼むわ」

「西の極道とビジネスする気はねえな」

「家族がどうなってもええんやな？」

「好きにしやがれ！」

相馬が荒々しく通話を打ち切った。

今夜は引き揚げたほうがよさそうだ。

久世は携帯電話を上着の右ポケットに突っ込み、マークXを発進させた。笹塚の自宅マンションにまっすぐ帰る気持ちにはなれなかった。

覆面パトカーを歌舞伎町に向けた。新宿東宝ビルの裏通りにマークXを駐《と》め、ストリート・ミュージシャンの健《けん》のいる場所に急ぐ。

久世は途中で、缶コーヒーを二つ買った。缶は火傷《やけど》しそうなほど温められていた。

健の前には、若い女性やカップルが立っている。久世は、目で客の数を数えた。合わせて九人だった。

健《けん》の歌を聴いて、全員が投げ銭を入れてくれるといいのだが……。

久世は人垣の背後にたたずんだ。ストリート・ミュージシャンはアルペジオ奏法でギターの弦《げん》を爪弾《つまび》きながら、スローバラードを歌っていた。

初めて聴くラブソングだった。作ったばかりの曲なのだろう。健《けん》が久世に気づき、目で笑いかけてきた。久世は、ほほえみ返した。

健《けん》はさらに三曲歌い、聴き手に礼を言った。拍手は大きかったが、開いたギターケースに五百円硬貨を投げ入れたのは四人だけだった。

九人が立ち去ると、久世は缶コーヒーの一つをストリート・ミュージシャンにアンダースローで投げた。健《けん》が両手でキャッチし、プルトップを引き抜いた。

「熱い飲みものはありがたいな。あちこちのポケットに使い捨てのカイロを入れてるんですけど、ここに坐ってると、下から冷え込んでくるんですよ」

「だろうな」

久世も缶コーヒーを傾けながら、足許のギターケースの中を何気なく見た。

硬貨のほかに千円札が五、六枚入っている。その陰に折り畳んだ外国紙幣が見えた。百ペソの紙幣だった。

「外国人も健《けん》の歌を聴いて、カンパしてくれたようだな?」

「ええ、五十歳前後のスペイン語を話す白人男性がね。ブロークン・イングリッシュで国籍を訊いたら、コロンビアから観光で来日したと言ってましたよ」

「そのコロンビア人に連れは？」

「通訳らしい三十二、三の男と一緒でした。でも、その二人の十数メートル後方には、やくざっぽい日本人の男が立ってました。そいつは、コロンビア人の観光客をガードしてるような感じでしたね」

健《けん》がそう言い、またコーヒーを飲んだ。

「通訳と思われる奴は、コロンビア人の名を口にしなかった？」

「名前で呼びかけたりしなかったけど、メデジン市にも路上ミュージシャンはいるのかと質問してましたよ」

「メデジン市とはっきり言ったんだな？」

「ええ。あっ、ひょっとしたら……」

「そのコロンビア人は、〝パラダイス〟の荷送人のペドロ・サントスかもしれない。護衛の男は、おそらく相馬組の組員なんだろう」

「言われてみれば、あの柄の悪い奴の顔には見覚えがありますよ」

「そうか」

「久世さん、その後、捜査は進んでるんですか？」

「密売ルートは透《す》けてきたんだが……」

久世はそう前置きして、これまでの経過をかいつまんで話した。

「そういうことなら、ゴメスとミゲルの口を封じさせたのは相馬組の組長かペドロ・サントスのどちらかなんでしょう」

「おれは二人が相談して、ゴメスとミゲルを始末することに決めたと思ってるんだ。もちろん、実行犯に指示を与えたのは相馬だろうがな」

「そこまでわかってるんだったら、相馬に任意同行を求めてもいいんじゃないんですか？」

「もちろん、そうしたいさ。しかし、由華を拉致して、どこかに監禁してるのが相馬だとしたら、彼女も葬《ほうむ》られることになるかもしれないからな」

「そうか、そうですね。困ったな」

健《けん》が低く呟いて、ギターを抱え込んだ。

そのとき、久世の懐で携帯電話が鳴った。職務で使っているポリスモードだった。

久世は発信者を確かめた。秋山刑事だった。

「マークしてた二等書記官に何か動きがあったんだな？」

「ええ、そうです。コロンビア大使館から出てきたリカルド・メンデスはタクシーを拾うと、赤坂に来たんです。少し前に田町《たまち》通りにある『ソウル』という韓国クラブに入っていきました。馴染《なじ》みの店のようです。お気に入りのホステスがいるんでしょう」

「かもしれないな。その店は、飲食店ビルの中にあるのか？」

「そうです。ＹＫビルの七階です。自分はＹＫビルの少し先に覆面《メン》パトを駐めて、張り込みを開始したところです」

「わかった。すぐに合流するよ」

久世は電話を切り、健《けん》に別れを告げた。大股で新宿東宝ビルの裏手に回り、マークＸに乗り込む。久世は車を走らせはじめた。

二十数分で、赤坂に着いた。

地下鉄赤坂見附駅の脇から田町通りに入り、赤坂三丁目のビル街を低速で進む。目的のＹＫビルは造作なく見つかった。十一階建てで、外壁はシルバーグレイだった。

そのビルの数十メートル先に、黒いプリウスが見える。秋山がよく使っている覆面パトカーだ。

久世はプリウスを追い越してから、マークＸを路肩《ろかた》に寄せた。ヘッドライトを消したとき、秋山がプリウスから降りた。久世はセブンスターをくわえた。ふた口ほど喫《す》ったとき、秋山が助手席に乗り込んできた。

「久世先輩のほうに何か収穫はありました?」

「少しばかりな」

久世は、これまでの流れを手短に伝えた。

「ペドロ・サントスが死んだミゲルに〝パラダイス〟を送って、それを相馬組に届けさせてたんでしょう。ミゲルは、相馬組との連絡役をゴメスにさせてた。そうですよね?」

「それは間違いないだろう」

「先輩の知り合いのストリート・ミュージシャンに百ペソ紙幣をカンパしたコロンビア人がペドロ・サントスだとしたら、相馬と直《じか》に会って、今後のことを相談しに来たんでしょうね。ミゲルとゴメスを始末したわけですから、荷受人を新たに決める必要があります」

「そうだな。そっちはペドロ・サントスが入国したかどうか、明日の朝一番で調べてくれ。中部国際空港あたりから入国したのかもしれないし、偽造パスポートを使ったとも考えられる」

「ええ、そうですね」

「秋山は自分の車に戻って、張り込みを続行してくれ。おれは、韓国クラブを覗いてみる」

「自分も連れてってくれませんか。高級韓国クラブを見学しておきたいんですよ、後学のために」

秋山が言った。

「その気持ちはわかるが、ペアで行動したら、すぐ刑事だって見抜かれてしまうだろう」

「そうですかね？」

「今夜は、おれひとりで『ソウル』に行く」

久世は短くなった煙草を灰皿の中に突っ込んだ。

秋山がマークXを降り、自分の車に足を向けた。不服そうだったが、何も言わなかった。

久世は秋山がプリウスの運転席に坐ったのを見届けてから、覆面パトカーを降りた。

寒気が厳しい。肩をすぼめて、ＹＫビルのエントランスロビーに足を踏み入れる。

床も壁も大理石だった。

坐っただけで、五、六万円は取られそうだ。捜査費のことで課長に文句を言われたことはないが、ちょっと気が引ける。

久世はエレベーターで七階に上がった。

『ソウル』はエレベーターホールの近くにあった。黒い扉だった。銀色の文字で店名が記《しる》してある。

扉を開けると、黒服の若い男が愛想よく迎えてくれた。

「いらっしゃいませ」

「ここは会員制のクラブなんだろうな？」

「ええ、そうです。ですが、鈴木さんか中村さんのご友人ということで、ご入店はできますよ。どちらも、日本に多い姓ですし、現に会員の方に鈴木さんも中村さんもいらっしゃいます」

「日本語、上手だね」

「わたしは生粋《きっすい》の日本人です。でも、妻が韓国育ちなんです。そんなことで、ここで働いてるんですよ。小田島《おだじま》といいます」

「おれは佐藤一郎《さとういちろう》だよ。会員の中村氏の友人ってことで、軽く飲ませてもらうか」

「かしこまりました」

小田島と名乗った男が恭《うやうや》しく頭を下げ、案内に立った。ホステスは三十人前後だろう。いずれも若くて美しい。二十卓ほどテーブルが並んでいた。ホステスは三十人前後だろう。いずれも若くて美しい。


だが、どこか人工的な美しさだ。造作の一つひとつが整いすぎている。大半は整形美人だろう。

韓国は、美容整形が盛んなことで知られている。都市部に住む若い女性の三割近くが目を大きくしたり、鼻を高くしているらしい。何代か前の大統領夫妻が美容整形手術で二重瞼《ふたえまぶた》にしたことがマスコミで堂々と報じられる国柄だ。美容整形に抵抗を感じる人々は少ないのだろう。

久世は歩きながら、店内を見回した。リカルド・メンデスは左の隅のボックスシートにゆったりと腰かけている。

そのかたわらには、息を呑《の》むような美人ホステスが侍《はべ》っていた。二十四、五歳だろうか。真珠色《しんじゅいろ》のサテンドレスが似合っていた。

「韓国人や日本人客ばかりじゃないんだね？」

「はい。白人やヒスパニック系のお客さんも少なくないんです」

「左の奥にいる客は南米の出身みたいだな」

「コロンビアの方です」

「隣のホステスさんにご執心なのかな？」

「ええ、そうなんだと思います。あのお客さまは週に三度はいらっしゃって、毎回、順姫《スンヒ》さんをご指名なさってます」

「彼女がこの店のナンバーワンなの？」

「はい、そうです。尹順姫《ユンスンヒ》さんがいなくなったら、店の売上は半分になってしまうでしょうね。順姫《スンヒ》さんは超売れっ子なんです。先日も、有名な国会議員の先生が見えて、彼女の手を握りっ放しでしたよ」

小田島が小声で打ち明け、久世を正面奥の席に導《みちび》いた。久世はビールを注文し、煙草に火を点けた。

「ご指名は？」

「特にない。初めての店だから、おたくに任せるよ。ただ、日本語のわかる女性にしてほしいな」

「当店の女性は全員、完璧《かんぺき》な日本語を喋ります。ですから、ご安心ください」

小田島がそう言い、ゆっくりと遠ざかっていった。

久世は改めて店内を眺め回した。ほぼ半分の席が客で埋まっている。二人連れの客が目立つ。

それぞれのテーブルに三、四人のホステスがついていた。中ほどの席で接客中の四十二、三歳の女性がどうやらママらしい。真紅《しんく》のドレスを着ている。

若いホステスたちよりも容色は劣《おと》るが、妙に存在感がある。水商売歴が長いのだろう。

ボーイがビールとオードブルを運んできた。

ビールは日本産だった。ボーイが下がると、小田島がショートボブのホステスを伴って久世のテーブルに歩み寄ってきた。

「正恵《チョンネ》さんです」

「初めまして。辺《ピョン》正恵《チョンネ》といいます」

ホステスが会釈《えしゃく》した。

久世は佐藤一郎と自称し、短髪のホステスを横に坐らせた。正恵《チョンネ》は奥二重のきりっとした目をしていた。細面《ほそおもて》で、色白だ。二十代の半《なか》ばだろう。

「好きな飲みものをどうぞ」

「それでは、カクテルをいただきます」

「いつものカクテルですね？」

小田島が正恵《チョンネ》に確かめてから、テーブルから離れた。

「韓流ブームだから、日本人の男たちにモテてるんだろうな」

「ちやほやされてるのは、韓国の男性たちですよ。日本のおばさんたちが韓国のスターたちに夢中になったせいでね。でも、韓国女性はそれほど日本人男性に好《す》かれてませんし」

正恵《チョンネ》が苦く笑って、久世のグラスにビールを注《つ》いだ。

「そうかな。出身地はどこなの？」

「わたしは釜山《プサン》で生まれ育ちました。地理的に日本に近いんで、大学を出ると、すぐ東京の日本語学校に入って、韓国系の商社に入ったんです。だけど、お給料が安くてね。それで、この店で働くようになったわけです」

「そう」

「お客さんは、普通のサラリーマンじゃないんでしょ？」

「一応、ベンチャー企業の代表取締役なんだ」

久世は出まかせを澱《よど》みなく喋り、ビアグラスを傾けた。

「わーっ、凄い！　それじゃ、六本木ヒルズに住んでるんでしょ？」

「おれはヒルズ族じゃないよ。社員三十人弱の会社だから、社長の給料もそれほど高くないんだ。多分、きみのほうが稼いでるんじゃないかな」

「わたし、ここで一番稼いでないんですよ。よくないことなんですけど、客の好き嫌いが激しいの。態度の大きな成金《なりきん》が大っ嫌いで、つい顔に出しちゃうんですよね。だから、まったく指名がつかない日もあるんです。ナンバーワンの順姫《スンヒ》ちゃんを見習って、どんなお客さんにも笑顔で接さないといけないとママにしょっちゅう言われてるんですけどね」

「真紅の服を着てる女性がママだろう？」

「ええ、順子《スンジャ》ママです。水商売二十三年のベテランですから、とても客あしらいが上手なの。胸やお尻《しり》を触られても、決してストレートに叱ったりしないんですよ。いたずらっ子をやんわりと窘《たしな》めるように言い諭《さと》すんです」

「でも、女のあそこ《ポジ》をいじられたら、ママも相手の客をぶっ飛ばしちゃうんじゃないのかな」

「お客さん、恥ずかしい韓国語を誰に教わったんですか!?」

正恵《チョンネ》が嬌声《きょうせい》をあげた。際《きわ》どい戯言《ざれごと》が、二人を急速に打ち解《と》けさせた。

「かなり昔のことなんだが、歌舞伎町の韓国クラブの女の子をお持ち帰りしたことがあるんだよ」

「売春もやってるホステスね。わたしたちはクラブホステスだから、体は売ってません」

「わかってるって。きみをホテルに誘ったりしないよ」

「わたしを百回連続で指名してくれたら、お客さんとなら、ホテルに行ってもいいわ」

「きみは面白い娘《こ》だな。気に入ったよ」

久世は正恵《チョンネ》の耳許で囁《ささや》き、テーブルの下で手を握った。しなやかな手は、わずかに湿っていた。

ボーイがカクテルを届けにきた。エメラルド色のカクテルだった。

「どんどん飲《や》ってくれ」

「閉店の午後十一時四十五分までいてくれたら、わたし、飲みまくっちゃう」

「看板までいるよ」

「ほんとですか!? 嬉しいな。売れないホステスにも、やっと運が向いてきたのかもしれませんね。わたし、飲んじゃいます。酔ったら、ちゃんと介抱してくださいよ」

正恵《チョンネ》が陽気に言って、カクテルを一息に飲み干した。

この娘《こ》から、何か手がかりを引き出せるかもしれない。

久世は右手を高く掲《かか》げ、ボーイを呼び寄せた。カクテルの追加注文をして、自分もビールをハイピッチで飲みはじめた。

2

閉店時刻が迫《せま》っていた。

あと十数分で、午後十一時四十五分になる。久世は、さりげなく店内を見回した。

まだ居残っている客は、自分を含めて三組だった。リカルド・メンデスは順姫《スンヒ》の肩に腕を回し、何か耳打ちしている。口説き文句を並べているのだろう。

売れっ子ホステスの順姫《スンヒ》は十四、五分、馴染《なじ》みの客たちのテーブルを回り、数十分前からリカルドの横に坐っている。

中ほどの席でママの順子《スンジャ》と飲んでいた商社マンの二人連れが腰を上げた。そろそろ店を出ないと、二等書記官に不審がられそうだ。

久世はビアグラスを空けた。

「わたし、すっかり酔っちゃった。カクテルの後、ウイスキーの水割りを六杯も飲んじゃったから」

正恵《チョンネ》が言って、久世にしなだれかかってきた。呂律《ろれつ》が少し怪しかった。

「このまま別れるのは、なんか惜《お》しいな。アフターの約束があるの？」

「ありませんよ。お客さんにアフターに誘われたのは、もう四カ月も前です。わたし、人気がないの」

「おれは、本音を口にする正恵《チョンネ》ちゃんが気に入ったよ。この近くで、ちょっと鮨《すし》でも摘《つま》まないか？」

「お鮨は高すぎる。ホステスに気前よく奢《おご》る男性は、たいてい下心があるわ」

「初対面のきみをホテルに連れ込んだりしないって」

「だったら、中華粥《がゆ》をご馳走《ちそう》して。わたしも、あなたのことをもっと知りたいから」

「いいよ、それでも。行きつけの中華レストランがあるんだね？」

「ええ。みすじ通りにある『揚子江菜館』は朝の五時まで営業してるの。そこで待ってくれる？」

「わかった。それじゃ、チェックを頼むよ」

久世は言った。正恵《チョンネ》が黒服の小田島に合図を送った。

ほどなく小田島がやってきて、請求額の書かれた紙切れを示した。思いのほか勘定は安く、五万数千円だった。

久世は現金で支払い、正恵《チョンネ》と一緒に『ソウル』を出た。エレベーターに乗り込むと、正恵《チョンネ》がすまなそうな顔をした。

「ママったら、愛想がなさすぎるわ。あなたに挨拶しただけで、ソファに腰かけようともしなかった。ごめんなさいね」

「こっちは少しも気にしてないよ。ママは夜の仕事が長いから、おれが上客《じょうきゃく》にはなりそうもないって直感で見抜いたんだろう。だから、商売っ気を出さなかったんだよ」

「それにしても、素《そ》っ気《け》なかった。わたし、自分まで軽く扱われた気がして、なんか感じ悪かったわ」

「生きてりゃ、いろんなことがある。厭《いや》なことは酒を飲んで忘れよう」

「そうね」

会話が途《と》切《ぎ》れたとき、函《ケージ》が一階に着いた。

「『揚子江菜館』で待ってるから」

久世は言って、飲食店ビルから出た。

正恵《チョンネ》が店に戻ったのを目で確かめ、プリウスに走り寄る。

秋山が素早く助手席のドアを開けた。久世はシートに坐った。

「もっと早く戻ってくると思ってましたけど……」

秋山が言った。

「おれの席に付いたホステスから何か有力な手がかりを得られそうだったんで、閉店時刻近くまでいたんだよ」

「リカルド・メンデスは、まだ店内にいるんですね？」

「ああ。お気に入りのナンバーワンの尹順姫《ユンスンヒ》をしきりに口説いてた。二等書記官はどこかで順姫《スンヒ》と夜食を摂《と》ってから、彼女をホテルに連れ込むかもしれないな。そっちはリカルドを追尾《ついび》してくれ」

「わかりました。久世先輩は、どうされるんです？」

「おれは、ずっと席についてくれてた辺正恵《ビョンチョンネ》というホステスと近くの中華レストランで落ち合うことになった。その娘《こ》をアフターに誘ったのは、むろん情報収集が目的だぜ」

「わざわざそんなことを口にするのは、なんだか言い訳じみてますよ。刑事だって、ただの男なんです。勢いで、意気投合したホステスさんとワンナイトラブを娯《たの》しんでもいいんじゃないですか」

「妙に物分かりがいいじゃないか。しかし、おれには下心なんかない。それじゃ、リカルドの尾行をしっかり頼むぞ」

久世はプリウスを降り、自分の覆面パトカーに足を向けた。マークXに乗り込んで、みすじ通りに回る。一ツ木《ひとつぎ》通りの手前にある裏通りだ。

みすじ通りには、食通たちが集《つど》う和食の店が数多い。洋食や中華の隠れた名店もある。

『揚子江菜館』の構えは、ありふれた中華料理店だった。だが、店内は賑《にぎ》わっている様子だ。安くて、うまいのだろう。

久世は覆面パトカーを店の近くの路上に駐《と》め、『揚子江菜館』に急いだ。店舗は、一、二階に分かれていた。

一階に空席がひとつだけあった。久世はそのテーブルに落ちつき、紹興酒《しょうこうしゅ》とチンジャオロースを注文した。客の多くは、ホステスたちだった。日本語、韓国語、中国語が飛び交い、少し耳障《みみざわ》りだ。

中国酒と料理が届けられた直後、正恵《チョンネ》がやってきた。パンツスーツ姿だ。スエードのハーフコートを小脇に抱えている。

「わたしも、老酒《ラオチュウ》を飲んじゃおう。紹興酒と老酒が同じものだってこと、日本に来てから知ったの」

正恵《チョンネ》は向かい合う位置に腰を落とし、紹興酒と五目海鮮旨煮《ごもくかいせんうまに》をオーダーした。なんとなく遠慮がちに見えた。久世は勝手に白身魚の唐揚げ、蟹《かに》と豆腐の旨煮も追加注文した。

「わたし、そんなに食べられないわ。これじゃ、中華粥は食べられないかもしれない」

「時間をかけて、ゆっくり喰《く》おう」

「そうね」

正恵《チョンネ》が言って、細巻きのアメリカ煙草に火を点けた。釣られて久世もセブンスターをくわえた。

紫煙をくゆらせていると、正恵《チョンネ》の紹興酒が運ばれてきた。

二人はグラスを軽く触《ふ》れ合わせた。

「あなたの会社はどこにあるの？」

「千代田区内だよ」

久世は曖昧《あいまい》な答え方をした。

「自宅は？」

「京王線の笹塚駅のそばのマンションを借りてるんだ」

「もう結婚してるんでしょ?」

「いや、まだ独身だよ」

「まだ独身なのか。素敵だなって思う男性は、なぜだかだいたい奥さんがいるのよね。わたし、不倫は駄目なの。韓国は儒教《じゅきょう》の国だから、破倫《はりん》はよくないことだと教えられてきたんですよ。いやだわ、わたしったら。きょう会ったばかりのあなたにこんな話をするなんて変よね?」

正恵《チョンネ》はきまり悪そうに言って、紹興酒を啜《すす》った。

「きみは、まっすぐな生き方をしてきたんだろうな」

「ええ、そのつもりよ。でも、もう少し要領よく立ち回らないと、ホステスとしては失格なのかもしれないわ。ママに遠回しにそう言われたこともあるの」

「そう」

「だけど、順姫《スンヒ》ちゃんみたいに器用にお客さんに接することはできないな。彼女はマナーの悪いお客さんに不愉快なことを言われても、ほんのわずかも顔をしかめたりしないのよ。ホステスとして、プロ意識に徹してるんだろうな。わたしたちの仕事は、お客さんのストレスを解消してあげることだもんね。高い飲み代を貰ってるわけだから、屈辱的な思いをしても、じっと我慢すべきなんだろうな」

「客を寛《くつろ》がせることがホステスの仕事だが、人格や自尊心を踏みにじられたら、怒るべきだよ」

「わたしもそう思ってるんです。だけど、それはプロとしては失格なのよ。だから、ホステスの中で最もお給料が安いの。OL時代とほとんど収入が変わらないんだから、なんのための転職だったのか……」

「アパート暮らしなんだろう？」

「ええ、西麻布のワンルームマンションに住んでるの。狭くて苛々《いらいら》しちゃうときもあるわ。広尾《ひろお》あたりの洒落《しゃれ》たマンションに引っ越したいんだけど、とても自分では家賃を払っていけないしね」

「広尾あたりの家賃は高いからな。私鉄沿線の賃貸マンションなら、割に安く借りられるはずだよ」

「それでも、間取りが1LDKとか2LDKだったら、家賃が十万円以下ってことはないでしょ？」

「だろうな」

「お店の女の子の中には割り切って、パトロンをこしらえてる人もいるのよ。その娘《こ》は契約愛人をやってるだけとか言ってるけど、要するに体を売ってるわけよね。意地悪な言い方をすれば、売春婦と同じでしょ？」

「ま、そうだな」

「そこまで堕落《だらく》したら、地道に生きることがばかばかしくなっちゃうと思うの。わたしは物質的な豊かさより、精神的な充足感を得たいと考えてるんです」

「きみの考えは間違ってないよ。ただ、ホステス向きの性格じゃないね」

「ええ、それは認めるわ」

「料理、冷めないうちに食べてくれ」

久世は先に海鮮旨煮に箸をつけた。少し遅れて正恵《チョンネ》も箸を手に取った。

二人は、ひとしきり料理を口に運んだ。

久世は頃合を計って、沈黙を破った。

「小田島って黒服の話によると、コロンビア大使館の二等書記官はナンバーワンの順《スン》姫《ヒ》にぞっこんなんだって？」

「ええ、そうね。リカルド・メンデスさんは、彼女以外は眼中にないの。順姫《スンヒ》ちゃんにほかのお客さんから指名がかかると、外交官は別人のように無口になっちゃうのよ。別のホステスに八つ当たりするようなことはないんだけどね」

「よっぽど尹順姫《ユンスンヒ》に惚れてるんだな」

「リカルドさん、順姫《スンヒ》ちゃんと結婚したがってるみたい。でも、コロンビアの両親には反対されてるらしいの」

「そう。順姫《スンヒ》は韓国のどこで育ったんだい？」

「彼女は、北の平壌《ピョンヤン》生まれのはずよ。九歳のときに両親と二つ下の弟の四人で脱北《だっぽく》して、中国経由で韓国に亡命したって話だったわ。軍人だったお父さんが国際支援物資を政府高官や軍の幹部が私物化してることを批判したとかで、一家は山奥の寒村に強制移住させられたようなの」

「それで、独裁国家に見切りをつけて、一家は脱北を図ったわけか」

「順姫《スンヒ》ちゃんは、そう言ってたわ。韓国に亡命してからは、あちこち移り住んだみたいよ」

「韓国には北の工作員がたくさん潜伏してるから、脱北者が命を狙われる可能性もあるんだろう？」

「ええ、そうなの。順姫《スンヒ》ちゃんの一家は寒村で、想像を絶《ぜっ》するような惨《みじ》めな暮らしをしてたらしいわ。だから、彼女は逞《たくま》しく生きるようになったんでしょうね」

「そうなんだろうな。彼女には、パトロンめいた男がいるの？」

「パトロンがいたら、お店で働かせないでしょ？　水商売やってたら、お客さんに言い寄られる機会が多いから、パトロンとしては落ち着かないはずだもの」

「そうだね。愚問だったか」

「でも、順姫《スンヒ》ちゃんはホステス仲間にあまり気を許してないみたいで、私生活のことはめったに話さないの。住まいもマンスリーマンションを転々としてるのよね」

「両親と弟は、韓国にいるんだろう？」

「だと思うわ」

「なんで順姫《スンヒ》は日本で働く気になったのかね？」

「脱北者に偏見《へんけん》を持ってる韓国人がいるんですよ。北から逃《のが》れた人たちの中に工作員が紛《まぎ》れ込んでるんじゃないかと疑ってる連中は、脱北者に警戒心を懐《いだ》いてるのよ」

「事実、脱北者の中に北のスパイが混じってたこともあったよな？」

「ええ、何年も前にね。逆に北には、韓国の情報員が大勢潜《もぐ》り込んでるって噂よ。その真偽《しんぎ》はわからないけど、同じ民族が思想の違いで憎み合うのは哀《かな》しいことだわ」

「そうだな。しかし、北の将軍がいるうちは半島の国家統一は不可能だろう」

「ええ、それはね。なんだか暗い話になっちゃったな」

正恵《チョンネ》が紹興酒を呷《あお》って、溜息をついた。

久世は話題を変える気になった。頭の中で話題を探していると、正恵《チョンネ》が脈絡《みゃくらく》もなく切り出した。

「初めて会った方にこんなことをお願いするのは厚かましいんだけど、李朝時代の青磁器を買ってもらえないかしら？　青山の古美術商に鑑定してもらったら、百万円以上の価値のある酒器だって言われたんですよ」

「金が必要なんだ？」

「ええ、そうなの。つき合ってた日本人男性に勝手に預金を遣《つか》われて、文《もん》なしに近い状態なんですよ。酒器は母方の祖父の形見《かたみ》なんだけど、それを処分しようと思ってるの」

「悪いが、古美術品の類《たぐい》にはまるで興味がないんだよ。鑑定してもらったとこで買い取ってもらったら？」

「わたしが売る素振りを見せたら、相手は急に贋作《がんさく》だと言い出して、二万円なら買ってもいいと……」

「悪質だな」

「わたしの部屋に来て、酒器を手に取ってほしいんです。ハングルで書かれてるんだけど、ちゃんと鑑定書も付いてるの」

「おれが真贋《しんがん》を見極《みきわ》めることはできないよ。しかし、陶磁器に興味のある知り合いがいることはいるな」

久世は早瀬課長の顔を思い浮かべていた。直属の上司は、古美術品のコレクターだった。

「だったら、その方に酒器を見せてもらいたいの。あなたに二、三日預けるから」

「価値のある磁器を預かるわけにはいかないいな。もし割ったりしたら、困るんでね」

「そんなことになっても、弁償してくれなんて言わないわ」

「しかしな……」

「とにかく、わたしの部屋に来て！」

正恵《チョンネ》が哀願《あいがん》口調で言い、椅子から立ち上がった。

やむなく久世は腰を上げ、レジに向かった。勘定を済ませる前に正恵《チョンネ》は先に店を出た。

まさか覆面パトカーの助手席に正恵《チョンネ》を乗せるわけにはいかない。久世は正恵《チョンネ》と肩を並べて一《ひと》ツ木《ぎ》通りまで歩き、タクシーを拾った。

西麻布までは、ひとっ走りだった。

正恵《チョンネ》の借りているワンルームマンションは、高樹町《たかぎちょう》ランプの近くにあった。三〇七号室だった。

正恵《チョンネ》が先に部屋に入って、照明を灯《とも》した。玄関のそばに小さな流しと調理台があり、その横にユニットバスとトイレがあった。

奥の居室《きょしつ》スペースは十畳ほどで、左側にベッドとファンシーケースが置いてあった。反対側の壁際には、パソコンデスク、書棚、CDミニコンポなどが並んでいる。

「部屋着に着替える間、申し訳ないけど、トイレの中にいて」

「ああ、いいよ」

久世は言われた通りにした。正恵《チョンネ》が自分を自宅マンションに案内したということは、祖父の形見の酒器を買ってくれという謎かけなのだろう。

十万円前後なら、人助けだと思って購入してやってもいい。しかし、数十万円で買い取ってほしいと言われたら、そこまではつき合えない。その場合は、はっきりと断るべきだろう。

数分が流れたころ、手洗いのドアが小さくノックされた。

「祖父の形見を見て」

「ああ、わかった」

久世はドア越しに答え、トイレのドアを押し開けた。

次の瞬間、わが目を疑った。なんと全裸の正恵《チョンネ》が立っていた。滑《なめ》らかな肌は、白磁《はくじ》を想《おも》わせる。肉体は熟《う》れ切っていた。

「だいぶ酔ってるようだな」

「ううん、そうじゃないの。酒器の話は嘘なんです。あなたをわたしの部屋に連れ込みたくて、とっさに思いついた作り話をしたの」

「何を考えてるんだ？　そっちを買えってことなのか？」

「お金なんかいらないわ。わたしを裏切った彼のことを早く忘れたいんです。行きずりに近い男性に抱かれれば、去った彼のことを忘れられると思うの。だから、わたしを抱いて！」

正恵《チョンネ》がせがみ、裸身を寄せてきた。柔肌は弾力性に富んでいた。

「おれには……」

「恋人がいるのね？」

「ああ」

「その女性には済まないと思うけど、わたしを弄《もてあそ》んでほしいの。浮気にはならないはずだから、彼女に後ろめたさは感じなくてもいいんじゃない？」

「しかしね、交際してる女の消息がわからないんだよ。そんなときに戯《たわむ》れてるわけにはいかないんだ」

久世は懸命に欲情を抑《おさ》え込んだ。

「人助けだと思って、わたしと遊んで」

「おれを困らせないでくれ。いまにも反応しそうなんだ」

「わたしに恥をかかせないでちょうだい！」

正恵《チョンネ》が叫ぶように言って、背伸びをした。

ほとんど同時に、久世は唇を吸われていた。舌の侵入を拒《こば》み、正恵《チョンネ》を押し返す。正《チョン》恵《ネ》がよろけ、フローリングに尻餅《しりもち》をついた。

「ほかの男に協力してもらってくれ」

久世は急いで靴を履《は》き、正恵《チョンネ》の部屋を出た。

3

自分の喚《わめ》き声で目を覚ました。

久世は天井を見上げながら、手の甲で額の寝汗を拭《ぬぐ》った。自宅マンションのベッドの上だ。

厭《いや》な夢を見た。行方のわからない恋人が数人の男たちに崖《がけ》っぷちまで追い詰められ、身を躍《おど》らせたのである。断崖の真下は、尖《とが》った岩だらけだった。

夢の中で、魚住由華が息絶えたのかどうかわからなかった。しかし、生きているわけはない。

前夜、辺正恵《ピョンチョンネ》の裸身を目にしたとき、脳裏に恋人のことが浮かんだ。由華の夢を見たのは、そのせいだろう。

久世は遠隔操作器《リモート・コントローラー》を使って、エアコンディショナーのスイッチを入れた。設定温度は二十三度になっていた。

久世は寝そべったままで煙草を喫《す》い、それから上体を起こした。サイドテーブルの上の腕時計を見る。午前十時を回っていた。

久世は寝室で着替えをし、洗面を済ませた。ダイニングキッチンでコーヒーを淹《い》れ、バターロールを三個食べ、サラミソーセージを丸齧《まるかじ》りする。セロリも胃袋に収めた。

リビングソファに腰かけて朝刊に目を通していると、秋山刑事から電話がかかってきた。

「昨夜《ゆうべ》はご苦労さん！　リカルド・メンデスと尹順姫《ユンスンヒ》は、どんなアフターをしたんだ？」

久世は真っ先に訊いた。

「『ソウル』を出たリカルドは、赤坂見附駅の近くにある深夜レストランに入りました。それから十分ほど経《た》ったころ、順姫《スンヒ》がリカルドと落ち合いました」

「二人は食事をした後《あと》、ホテルにしけ込んだんだろう?」

「いいえ。二人は午前一時半ごろに深夜レストランを出て、タクシーに乗り込みました。二等書記官は尹順姫《ユンスンヒ》を自宅の代官山のマンスリーマンションに送り届けると、自分のマンションに帰りましたよ。リカルドのマンションは、鳥居坂にあります。マンション名は、『鳥居坂パレス』です。部屋は四〇一号室でした」

「順姫《スンヒ》の借りてるマンションは?」

「『代官山ハイホーム』で、部屋は八〇二号室です」

「どちらも独り暮らしなのかな?」

「だと思います。どっちも部屋は暗かったですからね」

秋山が答えた。

「二人はホテルに行くんじゃないかと思ってたが、そうじゃなかったんだ。まだリカルドは、順姫《スンヒ》とは体の関係はないんだろうか」

「自分は、まだ二人は男女の仲ではないような気がします」

「なぜ、そう思う？」

「順姫《スンヒ》は、お店でナンバーワンなんですよね。芸能人なら、アイドルみたいなもんでしょ？　特定の客と親密になったら、ほかのファンたちを失望させることになります。そうなったら、人気は落ちて、自分を指名してくれる客は激減するでしょうからね」

「そっちの分析は正しいんだろう」

「順姫《スンヒ》は、リカルドのことは上客と思って大事にしてるんでしょう。しかし、二等書記官に惚れてるような気配はうかがえませんでしたよ」

「そうか。リカルド・メンデスのほうは、順姫《スンヒ》に夢中って感じだったが……」

「自分も、そう感じました。リカルドは順姫《スンヒ》のためなら、どんなことでもしそうですね」

「どんなことでも？」

「ええ。順姫《スンヒ》の頼みなら、どんな犯罪行為も厭《いと》わないでしょう。たとえば、順姫《スンヒ》が護身用のピストルが欲しいと言ったら、リカルドは外交官特権を悪用して、どこかから婦人用のポケットピストルを調達しそうです。麻薬の類《たぐい》だって……」

「麻薬か」

「久世先輩、順姫《スンヒ》が〝パラダイス〟の密売に関わってるとは考えられませんかね？」

「それは考えにくいな。彼女は『ソウル』の売れっ子ホステスだが、暗黒社会と繋がってるとは思えない」

「そうですね。ピント外れの推測でした」

「おれは辺正恵《ピョンチョンネ》と中華レストランで夜食を喰《く》ったんだが、多少の収穫はあったよ」

久世は詳しいことを伝えた。

「順姫《スンヒ》は家族と脱北して、中国経由で韓国に亡命したのか。そして、脱北者が色眼鏡で見られることに耐えられなくなって、日本で働く気になったんですか」

「正恵《チョンネ》は、そう言ってた。彼女が嘘をつかなきゃならない理由はなさそうだから、その通りなんだろう」

「そうでしょうね」

「秋山、何か引っかかる点があるのか？」

「登庁して間もなく、『ソウル』の経営者のことを調べてみました。店のオーナーの朴泳修《パクヨンス》、六十八歳は在日二世で日本育ちなんですが、両親は北の出身なんですよ。パチンコ店を全国展開してた朴《パク》の父親は六年前に他界し、母親も三年前に病死してます」

「そうか」

「亡父の事業を引き継いだ朴泳修《パクヨンス》は飲食店、中古車販売、ゲームソフト会社、アミューズメントパークと多角経営に乗り出し、いまや従業員三千人の白山《はくさん》商事グループの総帥《そうすい》です。本社ビルは上野にあります。両親が北の出身なら、韓国籍を選び取った朴《パク》も三代目の独裁者を全面否定する気にはならないんじゃありませんかね？」

「そうかもしれないな」

「北出身の在日実業家たちが祖国に経済的な支援をしてることは広く知られてます。もちろん、まともな金をカンパしてるんでしょう。しかし、ワンマン将軍は国防費を増大させつづけて、経済的に破綻《はたん》しかけてます」

「そうだな。人口は約二千三百万人だが、軍人が百十万人以上もいる。国民総生産額が韓国の三十分の一以下なのに、兵力は約六倍近い」

「ええ、そうですね。だから、多くの人民は慢性的な飢えに苦しめられ、平均寿命は六十三歳ぐらいだったと思うな。それなのに、弾道ミサイルを発射させ、核実験をして、世界中から非難されました」

「そうだったな。その結果、アメリカは独裁者を支《ささ》えてる秘密の外国銀行の口座を凍結《とうけつ》した。北の裏金造りに繋がるドル、円、人民元の偽造や麻薬の密造、水産物の不正輸出も封じ込んだ」

「ええ、そうですね。将軍が失脚《しっきゃく》すれば、数カ月後に十万人以上の難民が出ると言われてます。国家全体が崩壊したら、二百万人の難民が中国やロシアに流れるでしょう。日本にも逃《のが》れてくると思われます。先進諸国を敵に回しても、核は放棄しないと考えてる独裁者も内心は頭を抱えてるはずです」

「だから、将軍に心酔してる連中がなり振りかまわずにブラックマネー造りに励んでいるんじゃないかって言いたいわけだ？」

「ええ、そうです。もちろん確証があるわけではないんですが、順姫《スンヒ》が気のある振りをして、リカルドに麻薬ビジネスを手伝わせてるのかもしれませんよ」

「〝パラダイス〟をコロンビアから日本にいるミゲルに送ってたペドロ・サントスの背後に、北の独裁者のシンパたちがいる？」

「いいえ、その線とは別なんだと思います。『ソウル』のオーナーや順姫《スンヒ》は二等書記官を抱き込んで、南米のどこかに覚醒剤の密造工場を建設して、品物を駐日コロンビア大使館に送らせてるとは考えられませんか？」

「そう推測するだけの根拠がないな。リカルドは〝パラダイス〟を代理受領して、そいつを相馬組に渡してるだけなんだろう。順姫《スンヒ》には、ただ惚れてるだけなんじゃないか」

「そうなんでしょうかね。おっと、忘れるところでした」

秋山がいったん言葉を切って、すぐに言い継《つ》いだ。

「ペドロ・サントスが一昨日《おととい》、関西国際空港から入国したことがわかりました」

「ほんとか？」

「ええ。正規のパスポートで入国してました」

「そうか」

久世は短く応じた。ストリート・ミュージシャンに百ペソ紙幣をカンパしたのは、ペドロ・サントスに間違いなさそうだ。彼と通訳を見守っていたという男は、相馬組の組員だろう。

「きょうも自分は、リカルドに張りついてみます」

「ああ、そうしてくれ」

「はい。何か動きがありましたら、連絡します」

秋山が先に電話を切った。

久世は寝室に入り、上着の内ポケットからプリペイド式の携帯電話を取り出した。相馬組の組長に揺さぶりをかけてみる気になったのだ。

電話はすぐ繋がった。

「浪友会の藤本や」

「しつこい野郎だな」

「仲間の情報で、一昨日《おととい》、〝パラダイス〟の卸し元のペドロ・サントスが来日したことがわかったで。成田や中部国際空港は避けて、関西国際空港に降り立ったんやな？　あんたとペドロは共謀して、ゴメスとミゲルを始末させた。なんで二人を殺《や》る必要があったんや？」

「…………」

「言いとうないんやったら、わしが言うたるわ。警察に怪しまれたからやな？　それとも、麻薬取締官《マトリ》にマークされはじめたんか？　どっちにしても、尻《しり》に火が点《つ》きおったんやな。それで、ゴメスとミゲルの口を封じた。そういうことなんやろ？」

「…………」

「そない警戒せんでもええがな。何遍《なんべん》も言うたけど、わしは新麻薬の〝パラダイス〟を分けてほしいだけや。当然、あんたに損はさせへん。そやから、逃げ回っとらんで、商談に応じてや」

「その気はないっ」

「えろう強気やな。どうしてもこっちに内職させとうない言うんやったら、あんたもペドロ・サントスも逮捕《パク》られることになるで」

「勝手にしやがれ！」

相馬が吼《ほ》えて、通話を一方的に切り上げた。

携帯電話を折り畳みかけたとき、着信音が響いた。発信者は、相馬組の舎弟頭の石丸だった。

「旦那、ペドロ・サントスが日本に来てますよ。一昨日《おととい》、関西国際空港から入国したようです」

「そのことは、もう知ってるよ」

「さすがだな、桜田門の旦那は」

「ペドロ・サントスの宿泊先はわかるか？」

「日比谷の帝都ホテルに泊まってるみたいですぜ。今夜、組長《オヤジ》がサントスに歌舞伎を観《み》せて、築地の『喜久川《きくかわ》』って料亭で接待するようです」

「そうか。そっちは、まだ絶縁状を回されてないようだな？」

「ええ。今月いっぱいは時間をくれるようです。でも、謎の極道の正体を突き止めない場合は……」

「縁切りにされるんだな？」

「そうなるでしょうね。まさか旦那が、浪友会の極道になりすましてるなんて言えませんから」

「からくりをバラしたきゃ、そうしろよ」

「いいえ、おれも漢《おとこ》です。そんなことはしません。女房に堅気になるかもしれないって、きのうの晩、言ったんですよ」

「どんな反応だった？」

「涙ぐんで喜んでました。女房の実家が精肉店なんですよ。義兄にコロッケ揚げから教わってもいいかなって思ってるんです。質素な生活に馴《な》れるまで落ちぶれたなって思うかもしれませんが、もともとは貧乏人のガキだったんです。じきになんとも感じなくなるでしょう」

「大変だろうが、足を洗うなら、早いほうがいいな」

「ええ、そうですね」

「もう御役ご免にしてやろう。うまく人生をリセットしてくれ。相馬が何か厭《いや》がらせをするようだったら、遠慮なく言ってくれよ。必ず取っちめてやる。それじゃ、元気でな」

久世は電話を切ると、外出の支度に取りかかった。

といっても、カシミヤのタートルネック・セーターの上にパーカを羽織《はお》っただけだ。覆面パトカーは、マンションの地下駐車場に置いてある。

前夜、正恵《チョンネ》のマンションからタクシーで赤坂に戻り、マークXで帰宅したのだ。マイカーの茶色いボルボは、しばらくエンジンもかけていない。バッテリーが上がっているのではないか。多分、そうだろう。

久世は部屋を出て、地下駐車場に下《くだ》った。覆面パトカーに乗り込み、帝都ホテルに車を走らせる。

超一流ホテルに着いたのは、正午数分前だった。

久世はホテルの地下駐車場にマークXを置き、一階のフロントに回った。

警察手帳をフロントマンに呈示し、ペドロ・サントスの部屋を教えてもらう。一三〇三号室だった。

「サントスさまが何か日本の法律に触《ふ》れるようなことをしたのでしょうか？」

初老のフロントマンがおずおずと訊いた。

「いいえ、ただの聞き込みですよ。サントスさんの知人が旅券法違反をした疑いがあるんです。その件で、事情聴取させてもらうだけです」

「そうなんですか。そう聞いて、ひと安心しました。投宿されているお客さまが逮捕されるような騒ぎになったら、ホテルの格が下がってしまいますのでね」

「そういうことにはなりませんよ」

久世は笑顔で言って、フロントから離れた。

エレベーターホールに急ぎ、十三階まで上がった。

久世は一三〇三号室のチャイムを鳴らした。高級ホテルの各室には、チャイムが設置されている。

なんの応答もなかった。ノブに手を掛けると、抵抗なく回った。

「サントスさん、お邪魔しますよ」

久世は英語で呼びかけながら、室内に足を踏み入れた。

正面は控えの間になっていた。リビング・ソファとライティング・ビューローが据《す》えられている。右手に寝室があった。

久世は隣室に移った。

ベッドが二つ並び、壁際のベッドにバスローブ姿の外国人が仰向けに横たわっていた。ペドロ・サントスだった。額が赤い。射入孔《しゃにゅうこう》だ。

空いているベッドの際《きわ》に、ランジェリー姿の若い黒人女性が立っていた。久世は拳銃を引き抜いた。

「コロンビア人のお客さんを撃ったのは、わたしじゃないわ」

黒い肌の美女が早口の英語で言った。

「お客さんだって？」

「そう。わたし、モデルの仕事だけでは食べられないんで、ホテルに泊まってる外国人男性のベッドパートナーを務《つと》めてるの。きのうはこの部屋に泊まって、十分ほど前にシャワーを浴びにバスルームに入ったのよ」

「その間に、客の男が誰かに射殺されたというのか？」

「ええ、その通りよ。銃声は聞こえなかったから、犯人は消音型のピストルを使ったんだと思うわ」

「あんたの名前は？」

久世は訊いた。

「カレン・スチュワートよ。国籍はアメリカで、二十四歳になったばかり」

「パスポートを見せてくれ」

「いいわ」

カレンと名乗った黒人女性がソファの上から茶色いバッグを掴み上げ、パスポートを取り出した。

久世はカレンのパスポートを受け取った。国籍、氏名、年齢に偽りはなかった。しかし、五カ月以上のオーバーステイだった。

「滞在期限がとっくに切れてるな」

「明日にでも東京入管に出頭するわ。人殺しの疑いをかけられたんじゃたまらないから、アメリカに帰る」

「そうしろ。デートクラブに登録して、客を回してもらってるんだな?」

「ええ、そうよ。六本木の彦坂《ひこさか》組が管理してる『貴婦人クラブ』に所属してるの」

「電話番号は?」

「いま、教えるわ」

カレンがナンバーをゆっくりと告げた。久世はプリペイド型の携帯電話で『貴婦人クラブ』に連絡をとった。

しばらく待つと、ようやく若い男が受話器を取った。

「警察の者だが、『貴婦人クラブ』にカレン・スチュワートって黒人娘が登録してるかい?」

「えーと、それは……」

「手入れじゃないから、正直に答えろ」

「はい。カレンは登録してますけど、何か？」

「カレンを昨夜《ゆうべ》、帝都ホテルの一三〇三号室にデリバリーさせたか？　客はコロンビア人の中年男なんだが、どうなんだ？」

「はい、行かせました。カレンが客と何かトラブルを起こしたんですか？」

「管理売春《マメノシル》をこの先もつづける気なら、彦坂組を解散に追い込むぞ。組長にそう言っとけ！」

久世は携帯電話をパーカの内ポケットに突っ込むと、カレンの利き腕を摑んだ。手の甲に火薬の滓《かす》は付着していなかった。硝煙臭くもない。

久世は念のため、カレンの所持品を検《しら》べてみた。拳銃は隠し持っていなかった。

「早く服を着て、立ち去れ」

「売春とオーバーステイのこと、見逃してくれるの？」

「おれは点取り虫じゃない」

「あなた、ナイスガイね」

カレンはウインクすると、手早く衣服をまとった。

久世は壁寄りのベッドに歩み寄り、周辺を仔細《しさい》に観察した。薬莢《やっきょう》はどこにも落ちていない。加害者と被害者が争った痕跡もなかった。

ペドロ・サントスは、うたた寝をしているときに額を撃ち抜かれたのではないか。相馬が自分の裏ビジネスのことが関東桜仁会の本部に知られるのを恐れて、刺客を放ったのだろうか。

そうだとしたら、もう〝パラダイス〟の卸し元はいなくなってしまう。新麻薬の密売は儲けが大きい。みすみす供給源を断《た》ったりするだろうか。疑問である。

ペドロ・サントスのドラッグ・ビジネスに手を貸していた駐日コロンビア大使館の二等書記官が保身目的で、被害者の殺害を思い立ったのか。どうも後者臭い。

「ありがとうね」

カレンが言って、一三〇三号室から逃げ去った。

事件の通報をしなければならない。

久世は懐に手を突っ込んだ。

4

遺体が部屋から運び出された。

ペドロ・サントスの亡骸《なきがら》は、大塚にある東京都監察医務院で司法解剖されることになった。かつて都内二十三区で発生した殺人事件の司法解剖は、東大か慶応の法医学教室で行われていた。だが、いまは監察医務院が担っている。すでに現場検証は終わり、本庁機動捜査隊の面々や鑑識課員たちの姿はない。一三〇三号室には、捜査一課と所轄署の刑事たちが残っているだけだった。

「後はよろしく！」

久世は誰にともなく言い、続き部屋を出た。

エレベーターで地下駐車場に降り、マークXに歩み寄った。そのとき、久世は背中に他人の視線を感じた。

ドアのロックを外し、ごく自然に振り返る。斜め後方のコンクリート支柱の陰に人影が隠れた。背恰好《せかっこう》は外事二課の村尾刑事に似ていた。しかし、肝心の顔はよく見えなかった。

「村尾じゃないのか？」

久世は問いながら、コンクリート支柱に足を向けた。

ほとんど同時に、走る靴音が響いてきた。支柱の向こうに身を隠した男が逃げ出したことは明らかだ。

なんだか気になる。

久世は足音を頼りに不審者を追った。

ほどなく靴音が熄《や》んだ。怪しい男は、車と車の間にうずくまったのだろうか。久世は爪先《つまさき》に重心をかけ、抜き足で周辺を巡《めぐ》ってみた。

しかし、どこにも人影は見当たらなかった。中腰で車の間を抜け、エレベーター乗り場に逃《のが》れたのかもしれない。

逃げた男が村尾だとしたら、いったいどういうことなのか。

職務で彼がコロンビア人を捜査対象にしたとは思えない。なぜ、村尾は自分の動きが気になったのか。どう考えても、わからなかった。

張り込んでいたのは、村尾とは別人なのかもしれない。

久世は覆面パトカーに戻り、運転席に坐った。

帝都ホテルを出ると、そのまま登庁した。マークXを地下三階の車庫に入れ、組対二課に顔を出す。

自席につくと、早瀬課長が無言で会議室を指さした。久世はすぐ椅子から立ち上がった。早くも課長は会議室の中に入っていた。

久世はテーブルを挟んで、課長と向かい合った。

「ペドロ・サントスが帝都ホテルで何者かに射殺されたね」

早瀬が先に口を開いた。

「もうご存じでしたか」

「久世君が第一通報者だという話も聞いてるよ」

「そうですか」

久世は経緯《いきさつ》を語った。

「ペドロ・サントスに刺客を向けたのは、相馬組の組長なんじゃないのかね？　確か関東桜仁会は薬物の密売を禁じてる。しかし、相馬はこっそり〝パラダイス〟を売り捌《さば》いてた。それで、警察が内偵捜査を開始したことを知って、慌《あわ》てて卸し元のペドロ・サントスの口を塞《ふさ》ぐ気になった。おおかた、そんなことなんだろう」

「課長、待ってください。相馬は新麻薬の密売で、だいぶおいしい思いをしたようなんですよ。卸し元を始末したら、今後、甘い汁を吸えなくなるでしょ？」

「そうだが、掟破《おきて》りをしたことが本部に知られたら、相馬組はぶっ潰されるはずだ。だから、相馬は裏ビジネスを諦《あきら》めて、〝パラダイス〟の卸し元を亡《な》き者にする気になったんだろうな」

「そうなんだろうか」

「久世君は別の者が刺客を放ったと推測してるようだな。そいつは、リカルド・メンデス二等書記官なのかね？」

「どちらかといえば、リカルドのほうが臭《くさ》いですね。二等書記官が新麻薬の運び屋と代理荷受人を務《つと》めてたとしたら、人生設計が大きく狂う恐れがあります。ペドロ・サントスや相馬が官憲《かんけん》の手に落ちたら、おそらくリカルドは大使館員でいられなくなるでしょう」

「それは、そうだろうな。しかし、仮にも外交官なんだ。保身のためとはいえ、リカルドはギャングめいたことまでやるだろうか」

「追い詰められた犯罪者は、理性や道徳心を忘れてしまうもんですよ」

「それは、そうなんだがね」

早瀬は反論したげだったが、それ以上は何も言わなかった。

「こっちの直感や推測が正しいと決まったわけではありません。相馬とリカルドの双方をしばらくマークしてみます。秋山にはリカルドに張りつくよう言ってあります」

「そうか。きみは相馬の動きを探《さく》るんだね？」

「ええ、そのつもりです」

「よろしく頼むよ。実はね、少し前に組対部長に呼ばれたんだ。それで、〝パラダイス〟の内偵捜査の手を緩《ゆる》めてほしいと遠回しに言われたんだよ」

「外部から圧力《アツ》がかかったんですね？」

久世は訊《き》いた。組対部長は組対各課を束《たば》ねている要職だ。

「元首相の椎葉留吉《しいばとめよし》の孫の大学生が昨夜、渋谷署管内で〝パラダイス〟所持の疑いで現行犯逮捕されたんだよ。被疑者の椎葉亮《りょう》は誰かが自分のダウンパーカのポケットに入れたと言い張って、新麻薬を買った覚えはないと否認中らしい」

「民自党の長老が警察庁長官か、警視総監に圧力をかけてきたんだな」

「元首相は法務大臣を動かして、警察庁長官に〝パラダイス〟のことをあまりほじくらないでくれと言ったらしい。それで、長官がうちの総監に……」

「元首相の孫は、証拠不十分ってことで釈放《パイ》になるんでしょうが、超大物の圧力に屈《くっ》するわけにはいきませんよ」

「わたしも、そう思ってるさ。しかし、警視総監や警察庁長官の立場もあるから、椎葉元首相の孫の亮を地検送りにはできないだろうね。どうせ東京地検に送致しても、起訴されることはないはずだ」

「法務大臣は検察庁の人事権を握ってるし、警察官僚たちも支配してますからね。元首相の孫を意地でも起訴すべきだとは言いませんが、捜査の手を緩めることはできないな。権力者たちから見たら、全国の二十七万人の警察官などは一兵卒に過ぎないんでしょうが、われわれは法の番人なんです」

「久世君の言う通りだね。権力者の圧力に屈して、恐しい新麻薬を野放しにしたら、日本の若者たちは廃人になってしまう。そんなことになったら、もはや法治国家とは言えなくなる」

「ええ」

「わたしも弱い立場なんで、刑事部長には強くは言い返せなかったんだが、内偵捜査を打ち切る気はないよ。ただね、もたもたしてると、警視総監が何か言ってくるだろうから、できるだけ早く〝パラダイス〟の密売ルートを解明してほしいんだ。新麻薬を根絶《ねだ》やしにしないと、とんでもないことになるからな」

「わかってます。もう少し時間をください」

「久世君、頼むぞ」

早瀬課長が声に力を込めた。

久世は大きくうなずき、先に会議室を出た。そのまま廊下に出て、エレベーター乗り場に向かった。十三階に上がり、外事二課に歩《ほ》を運ぶ。同じ階に、外事部一課、地域総務課、地域指導課の部屋がある。

久世は外事二課に足を踏み入れ、奥にいる村尾を目顔《めがお》で呼んだ。廊下で待っていると、じきに村尾が姿を見せた。

「おまえが十三階に来るとは珍しいな」

「ちょっと確認したいことがあったんだ。単刀直入に訊《き》こう。村尾は数十分前、日比谷の帝都ホテルにいなかったか？」

「帝都ホテルに⁉」

「ああ。おれはホテルの地下駐車場で、そっちに似た人物を見かけたんだ」

「そういう奴がいたとしたら、他人の空似《そらに》だよ。おれ、数十分前は自席にいて、電話で例の死刑囚の臓器密売グループに関する情報集めをしてた。周《まわ》りの同僚を二、三人、呼んでこようか？」

「そこまですることはないよ。なら、おれが見た人物は別人だったんだろう」

「そいつは、久世の動きを探ってる様子だったのか？」

「それはわからないんだが、おれは見張られてるような気がしたんだよ」

「考えすぎなんじゃないのか。おれたちは被疑者《マルヒ》を張り込んだり、尾行したりしてるから、そんなふうに感じるんだろう。おれも時たま、そういう錯覚に陥《おちい》ることがあるよ」

「それなら、そうだったんだろう。ところで、臓器密売ブローカーは摘発できそうなのか?」

久世は問いかけた。

「まだ確証を摑んでないから、もう少し時間がかかりそうだな。途中で、別の事件《ヤマ》の捜査に駆り出されるかもしれないんだ」

「別の事件?」

「ああ。脱北ビジネスをしてる中国人が、どうも日本人ボランティアと接触してるようなんだ。『砂の粒』という脱北者支援団体のメンバーたちが中国に逃れた脱北者たちをいったんモンゴル、ベトナム、タイ、ミャンマーなどに移動させて、フィリピン経由で台湾や日本に密入国させてる疑いがあるんだよ」

「そうなのか」

「日本人ボランティアたちは人道主義から脱北や密航の手伝いをしてるんだろうが、明らかに法律を破ってる。黙って見過ごすわけにはいかない」

「それはそうだな」

「脱北者を支援してる連中は人間が甘いから、同情だけでボランティア活動をしてる。しかしな、脱北者の中には北の工作員も混じってるんだ。そういう奴が日本に潜《もぐ》り込んで、スパイ活動をしてたら、問題じゃないか」

「そうだな。日本はスパイ天国と言われるほど各国の情報部員が暗躍してる。通信社の記者、大使館員、各種の技術者なんかに化けてな」

「ああ。元KGB出身のロシアの大統領は旧ソ連時代と同じぐらいにスパイを欧米諸国や日本に送り込んでるし、中国人工作員の数も増えてる。日本人はあまり警戒心が強くないから、商社マンや自衛官が中国や韓国で親しくなった女たちに頼まれて、技術や軍事情報を安易に流してしまう。核兵器に転用可能な冷凍機や測定機器を不正輸出してる中堅商社もある。実に嘆かわしいよ」

「島国だから、国境が地続きの国々の人たちよりも日本人は警戒心が弱いんだろうな」

「そうなんだよ。そのくせ、北の独裁国が弾道ミサイルを発射させたり、地下で核実験をしただけで怯《おび》え戦《おのの》いてる。無防備すぎたんだよ、国民全体がさ。焦《あせ》って憲法を改正して、日本も核武装すべきだなんて声高《こわだか》に叫んでる国会議員も出てきたが、頭のレベルは北の独裁者と変わらないな。核ミサイルを装備したアメリカの軍艦が日本海、東シナ海に配置されてるんだから、北の脅威に神経質になることはないんだよ。北の独裁国にさらに経済制裁を加えてやればいいのさ」

「しかし、後ろ楯《だて》の中国は北の独裁国家が崩壊することは望んでないだろう。そんなことになったら、自国に北の難民たちが押し寄せることになるからな」

「中国だって、それは望んでないだろう。しかし、いつまでも三代目将軍が子供じみた意地を張りつづけたら、政権を倒したいと願ってる勢力に加担するにちがいない」

「それは充分に考えられるな」

「そんなわけで、そっちの事件の捜査を優先させることになりそうなんだ」

村尾が言った。

「忙しくなりそうだな」

「ああ。久世のほうは、どうなんだ?」

「マイペースで、のんびりと職務をこなしてるよ。そのうち、ゆっくり酒を酌《く》み交わそうじゃないか。それじゃ、また!」

久世は軽く片手を挙げ、外事二課から離れた。

エレベーターを待っていると、秋山から連絡が入った。

「警察無線の交信でわかったんですが、ペドロ・サントスが投宿先の帝都ホテルで射殺されたんですね?」

「ああ。その事件《ヤマ》の通報者は、このおれなんだよ」

久世は経過を説明した。

「カレンとかいう黒人娼婦はシロなんですかね。その女が殺し屋《プロ》を手引きしたとは考えられないのかな?」

「おれの心証だと、彼女は事件には関与してないな。秋山が言うようにカレンが刺客を手引きしたんだとしたら、そいつと一緒に彼女も一三〇三号室を出てると思うんだ」

「そうか、そうでしょうね。となると、相馬とリカルド・メンデスが怪しいな」

「ああ。そっちは、いま、コロンビア大使館の近くで張り込み中なんだろう?」

「ええ。リカルドは自分のマンションから午前九時半ごろに大使館に入って、そのまま一度も外に出てきません」

「大使館の人間に張り込みを覚《さと》られた様子はないいな?」

「ええ、多分ね」

「なんだか自信なさそうな言い方だな」

「大使館付きの武官らしい筋骨隆々とした男が外出先から戻って、いったん館内に引っ込んだんですよ。でも、一分も経《た》たないうちに大使館内から出てきて、覆面パトカーのそばまで来たんです」

「ナンバーを見てたのか?」

「そこまでは確かめられませんでした。ですが、見る人が見れば、数字の頭の平仮名で警察車輌だとわかっちゃいますでしょ？」

「そうだな。秋山、覆面《メン》パトを大使館前の通りから速《すみ》やかに移動させろ。それで、通行人を装って、大使館を張りつづけるんだ」

「わかりました」

「武官らしき男が大使館から出てきたら、しばらく遠ざかれ。いいな？」

「了解！」

秋山が電話を切った。

久世は刑事用携帯電話を懐に戻し、エレベーターの下降ボタンを押した。地下三階まで下《くだ》り、マークXに乗り込む。

本庁舎を出ると、久世は官庁街の一画に覆面パトカーを停めた。またもや相馬組の組長に揺さぶりをかける気になったのだ。

久世はプリペイド式の携帯電話を使って、相馬に連絡を取った。スリーコールで、電話が繋がった。

「わしや」

「また、大阪の極道か。いい加減にしやがれ。電話、切るぞ」

相馬の声には怒気が含まれていた。

「ちょっと待てや。〝パラダイス〟の卸し元のペドロ・サントスが帝都ホテルの一三〇三号室で射殺されたこと、わし、もう知ってるで」

「テレビニュースでは、部屋番号までは報じられなかったはずだが……」

「そうやろな。わしな、ずっとペドロ・サントスをマークしとってん。今夕《こんゆう》、あんたはペドロと一緒に歌舞伎を観《み》て、築地の『喜久川《きくかわ》』って料亭に行く予定やったんやろ？」

「て、てめえがなんでそんなことまで知ってやがるんだ⁉」

「あんたのことなら、なんでも知ってるで」

「組事務所に盗聴器を仕掛けやがったのかっ。いや、そんなことはできねえ。セキュリティーシステムは万全のはずだからな。そうか、読めたぜ。てめえはうちの若い者《もん》を抱き込んで、スパイに仕立てやがったんだな」

「図星《ずぼし》や」

久世は話を合わせた。

「そいつは誰なんだっ。言いやがれ！」

「あほか、あんたは。わしが協力者の名を教えるわけないやんか。そないなことより、あんたがペドロ・サントスを誰かに始末させたんやないのか？　わし、そう思うとるんや」

「サントスは、大事なビジネスパートナーだったんだ。そういう人間を殺《や》らせるはずねえだろうが」

「やっぱり、〝パラダイス〟の卸し元はペドロ・サントスやったんやな」

「あやつけるんじゃねえ。おれは、サントスからコロンビア産のコーヒー豆を輸入してただけだ。薬物《ヤク》なんて買ってねえよ」

「そこまで空とぼけるんか。そやったら、わしも尻捲《けつまく》るで。これから関東桜仁会の本部を訪ねて、総長にあんたの内職のことを洗いざらい喋るわ。その前に元美人演歌歌手を若い衆に強姦《マワ》させたる。それだけや、面白《おもろう》ないな。横浜の兄弟分がアフガンハウンドを飼《こ》うてるから、獣姦させてもええな。記念に獣姦ＤＶＤをあんたにプレゼントするわ」

「てめえ、本気なのか!?」

「今度こそ本気《マジ》や。ほんなら、これで、さいならや」

「おれの負けだ。〝パラダイス〟を一万錠だけ譲ってやる。ただし、一錠七百円だ。それで、どうだ？　サントスが誰かに消されたんで、もう荷が入って来なくなったんだ。少しはプレミアムを付けてもらわねえとな」

「欲深やなあ。とりあえず、どこぞで会《お》うて細かい商談をしようやないか」

「おれのオフィスに来てくれ」

「入るなり、撃《ハジ》かれとうないわ」

「そんなことしねえよ。おれは、あんたに金玉握られてるんだ。どうせ自分に万が一のことがあったら、舎弟が関東桜仁会の本部に駆け込んで、総長におれの内職のことをバラす手筈《てはず》になってんだろうが？」

「ビンゴや」

「だったら、何もビビることはないじゃねえか。おれの会社に来たくないんだったら、恭子の店でもいいぜ。『泪橋』のある場所、知ってんだろ？」

相馬が確かめた。

「ああ、知っとる」

「だったら、一時間後に『泪橋』に来てくれや。もちろん、丸腰で待ってる。ボディーガードも同席させねえよ。それだったら、文句ねえだろうが？」

「それで、結構や。ほんなら、一時間後に会おうやないか」

久世は終了キーを押し、携帯電話をパーカの右ポケットに入れた。すぐにマークX

を走らせ、新宿に向かう。

歌舞伎町に到着したのは、およそ三十分後だった。

久世は約束の時刻になるまで、『泪橋』の周辺を覆面パトカーで幾度も巡った。愛人の店の近くに、やくざっぽい男たちの姿は見当たらない。

相馬の番犬どもは、『泪橋』の中に隠れているのだろう。

久世はマークXを裏通りに駐《と》め、『泪橋』に向かった。店の手前でショルダーホルスターから拳銃を引き抜き、パーカの裾に潜《くぐ》らせる。

出入口で、耳をそばだてた。店内で人の話し声はしない。

久世はシグ・ザウエルP230Jのスライドを引いた。初弾が薬室に移った音が小さく聞こえた。

久世は店内に躍《おど》り込んだ。

奥の小上《こあ》がりに相馬組長が横向きに倒れていた。ブルドッグに似た顔は、ほぼ血糊《ちのり》に染まっている。顔面を至近距離から撃たれたにちがいない。

相馬は、まったく動かなかった。脈動を確かめるまでもないだろう。

新麻薬の卸し元と思われたペドロ・サントスが葬られ、〝パラダイス〟の大口の買い手の相馬も射殺された。その事実は何を意味するのか。

久世は拳銃をホルスターに収め、考えつづけた。

ペドロ・サントスは、ダミーの卸し元に過ぎなかったのではないか。買い手の相馬まで口を封じられたのは、真の卸し元のことをサントスから聞いていると考えたからではないのか。そう推測すれば、サントスと相馬が殺害されたことも合点がいく。

いったい〝パラダイス〟を密造しているのは、誰なのか。振り出しに戻ったような気分に陥った。

「なんてこった」

久世は声に出して言い、天井を仰《あお》いだ。

第五章　予想外の結末

1

ベンツが停止した。

名古屋港の埠頭《ふとう》の端だった。青い外交官ナンバーを付けたドイツ車の後部座席には、リカルド・メンデス二等書記官が坐っている。

運転席にいるのは、駐日コロンビア大使館付き武官のエミリアーノ・レストレポだった。筋肉の発達した武官は三十歳で、口髭《くちひげ》をたくわえている。

久世はマークXを起重機《デリック》の手前に停めた。

午後九時過ぎだった。コンテナの積み下ろしをしている作業員たちの姿は見当たらない。

久世は東京から、リカルドたちの乗ったベンツを尾《つ》けてきたのだ。東京を離れたのは、およそ二時間半前だった。

リカルドもエミリアーノも車から降りる様子はうかがえない。久世は煙草をくわえた。

ペドロ・サントスと相馬が射殺されたのは、五日前だった。司法解剖の結果、二人は中国製のノーリンコ59式で撃ち殺されたことが明らかになった。旧ソ連で設計されたマカロフのパテント生産拳銃で、中国軍や警察で使用されている。

久世は四日前から秋山刑事と交代で、怪しい二等書記官の動きを探《さぐ》りつづけてきた。リカルドは何かを警戒しているのか、大使館と鳥居坂の自宅マンションを往復するだけだった。赤坂の韓国クラブには近づかなかった。この四日間の収穫は、リカルドと親しい武官の氏名や年齢を知ったきりだ。

エミリアーノは独身で、神宮前《じんぐうまえ》のマンションで暮らしている。武官は女好きで公務を終えると、夜ごと六本木で若い日本人女性に声をかけ、ワインバーに誘っていた。一昨日《おととい》の夜は、引っかけた女をホテルに連れ込んだことを相棒の秋山刑事が確認している。

その秋山は、赤坂の『ソウル』の近くで張り込んでいるはずだ。順姫《スンヒ》と接触する人物をチェックさせているのである。

一服し終えたとき、刑事用携帯電話が身震いした。秋山からの連絡だった。

「久世先輩、意外な事実がわかりましたよ。順姫《スンヒ》を目当てに『ソウル』に通ってる客の中に、公安調査庁第二部の関根義昭《せきねよしあき》って男がいたんです。年齢は三十四だったと思います」

「公安調査庁の調査二部は、ロシア、中国、朝鮮総連の動向を探ってるセクションだな。その関根っていう調査官は、順姫《スンヒ》のことを北の工作員と疑ってるのかもしれない」

「多分、そうなんでしょう」

「なんか自信たっぷりだな」

「実は、少し前にYKビルの前に外事二課の村尾さんがいたんですよ。あの方も『ソウル』の関係者の中に北のスパイがいると疑ってるんじゃないのかな。あるいは、公安調査庁の関根調査官が順姫《スンヒ》の色仕掛けで骨抜きにされてるんではないかとマークしてるのかもしれませんね。ほら、数年前に公調のベテラン職員が中国の女工作員の色香《いろか》に惑《まど》わされて、母国に逃がしてやった事件がありましたでしょ？」

「ああ、そんなことがあったな。で、その関根は『ソウル』の中にいるのか？」

「いいえ、まだ店には姿を見せてません。黒服の男から探り出した話ですと、いつも関根調査官は十時半過ぎに『ソウル』に顔を出して、必ず順姫《スンヒ》を指名するらしいんですよ」

「そうか。関根って奴が現われたら、少し動きを探ってみてくれ」

「了解しました」

「オーナーの朴泳修《バクヨンス》は、今夜も『ソウル』には顔を出してないんだな？」

「ええ。そちらに何か動きはありました？」

「あったよ」

久世は、相棒に経過を語った。

「二等書記官はダミーの卸し元だったペドロ・サントスの背後にいる黒幕が送った船荷を名古屋港で受け取って、〝パラダイス〟を新しい買い手に届ける気なんじゃないですか。リカルド本人が国外から持ち込める新麻薬の量は多くないはずです」

「だろうな」

「といって、駐日コロンビア大使館に大量に〝パラダイス〟を送らせたら、大使や同僚外交官たちに怪しまれてしまいます。だから、リカルドは知り合いをダミーの荷受人にして、名古屋港に新麻薬を送らせてるんでしょう。もちろん、税関のチェックに引っかからないよう何か細工を弄《ろう》してね」

「その可能性はありそうだな。〝パラダイス〟を首都圏で売り捌《さば》くのは、もう危《ヤバ》い。

そこで、リカルドは中京会系の組織と取引する気になったのかもしれない。いや、待てよ。新たな取引相手は関西の暴力団とも考えられるな」

「そうですね。荷受場所が名古屋なら、東名で大阪に簡単に運べます。京都や神戸にも数時間で届けられますからね」

「そうだな」

「リカルド二等書記官本人が新麻薬の荷受人になったんだとしたら、武官のエミリアーノにダミーの荷受人だったペドロと買い手の相馬の口を封じさせたんでしょう。それから、ゴメスとミゲルを殺し屋《プロ》に始末させたのもね」

　秋山が言った。

「いや、そうではない気がするな。殺人の指令を出したのは、帝都ホテルで射殺されたペドロ・サントスを操《あやつ》ってた人物なんだろう。そいつの顔が、まだ透《す》けてこないんだがな」

「黒幕はコロンビア人なんですかね？」

「それは、まだわからない。リカルドをマークしつづけてれば、やがて黒幕はわかるだろう」

「そうですね」

「順姫《スンヒ》がリカルドを唆《そそのか》して〝パラダイス〟を日本に大量に持ち込ませたんだとしたら、首謀者は東洋人と考えられる」

「『ソウル』の売れっ子ホステスが北の工作員だったら、独裁者直属の情報機関が絵《え》図《ず》を画《か》いた疑いもあるとおっしゃるんですね？」

「そうだ。国外でスパイ活動を行ってきた朝鮮労働党対外情報調査室は現在、〝35号室〟と呼ばれてるが、拉致や破壊工作よりも裏金づくりに力を入れてるという情報もある」

「ええ、そうみたいですね。それから〝35号室〟は兵器関係機器の調達も任され、台湾の商社を迂回《うかい》させて、生物兵器製造に転用可能な各種の機器を在日貿易商から不正に輸入してます。その窓口になってるのが北の国営企業『朝鮮綾羅《チョソンルンラ》888貿易会社』と言われ、代金は将軍の個人口座と思われるマカオの『バンコ・デルタ・アジア』から払われてるようです。その銀行口座は、ブラックマネーの出し入れにも使われてると噂されてますよね？」

「そうだな。それはそれとして、リカルドたちは誰かを待ってる様子なんだ。おそらく新麻薬の大口顧客なんだろう」

「ええ、そうでしょうね」

「そっちは公安調査庁の関根が現われたら、順姫《スンヒ》とどんな接し方をしてるか調べてくれ」

久世は言って、ヘッドレストに後頭部を凭《もた》せかけた。

十分ほど過ぎたころ、黒塗りのレクサスが覆面パトカーの脇を通り抜けていった。カーブを曲がるとき、ブレーキペダルが踏まれた。

久世はレクサスのナンバーを素早く読み取り、頭に刻みつけた。

レクサスの車内には、三人の男が乗っていた。ステアリングを操《あやつ》っているのは若い男だった。しかし、助手席と後部座席の二人の年恰好《としかっこう》は判然としない。

ほどなくレクサスは、ベンツの横に停止した。

リカルドとエミリアーノがベンツから降り、レクサスに歩み寄った。

久世はグローブボックスから暗視望遠鏡《ノクト・スコープ》を取り出し、片目に当てた。最新型で、闇がクリアに透《す》けて見える。

レクサスのリア・シートから降りた四十代半《なか》ばの男は、ひと目で筋者とわかる。中肉中背だが、全身に凄《すご》みを漂わせていた。

助手席の男がレクサスを降り、中年男の斜め後ろに回った。ボディーガードだろう。三十二、三歳で、がっしりとした体型だ。

リカルドとエミリアーノが、交互に手を差し出した。レクサスの後部座席にいた男は、にこやかに相手の手を握り返した。

久世は手早くコンピューターの端末を操作して、レクサスのナンバー照会をした。

高級国産車の名義は、名古屋市中村区にある梅宮孝夫《うめみやたかお》事務所になっていた。久世は、梅宮孝夫の犯歴を問い合わせた。

当該者《とうがいしゃ》は前科二犯だった。四十六歳の梅宮は中京会の二次組織の組長で、過去に傷害と恐喝罪で服役していた。

中京会は愛知県、三重県、岐阜県を縄張りにしている広域暴力団で、傘下団体は五十に及ぶ。中京会の本部は名古屋市内に置かれている。梅宮組は、中京会直系の組織なのかもしれない。

久世は、ふたたび暗視望遠鏡を覗き込んだ。

いつの間にか、リカルド、エミリアーノ、梅宮と思われる男の三人は岸壁の近くに移っていた。二等書記官が沖合を指さし、名古屋の筋者らしい男に何か説明している。

久世はノクト・スコープを夜の海に向けた。

数百メートル沖に、貨物船が碇泊《ていはく》している。コンテナが搭載《とうさい》されていた。明朝、積み荷を名古屋埠頭に下ろすことになっているのだろう。

インドネシア船籍で、ムルデカ号と読めた。九百トンの船である。黒っぽい船体は、だいぶ煤《すす》けていた。錆《さび》も目立つ。

久世は管轄の海上保安本部に電話をかけた。

すぐに当直の海上保安官が電話口に出た。若い男だった。

久世は身分を明かし、ムルデカ号の積み荷を訊《き》いた。銀製品、木彫、籐《とう》製品らしい。

「船主は？」

「ジャカルタに本社を置くスラワー海運って会社ですね。埠頭接舷《せつげん》は明朝七時の予定になってます」

「荷の造り主は？」

「そうしたことは税関事務所で詳しく教えてくれるはずです」

相手がそう言い、税関事務所の電話番号を教えてくれた。

久世は通話を切り上げ、すぐに税関事務所に電話をした。受話器を取ったのは、中年の男性職員だった。

「インドネシア船籍のムルデカ号の積み荷について、いろいろ教えてほしいんですよ」

久世は自分が警視庁の刑事であることを告げてから、そう切り出した。

「積み荷に何かまずい物でも隠されてるんですか？」

「それはわかりません。船主は、スラワー海運に間違いありませんね？」

「少々、お待ちください。いま、端末で調べてみますんで」

　相手が沈黙した。

　久世は暗視望遠鏡を右目に近づけた。リカルドたち三人は、同じ場所にたたずんでいた。

「お待たせしました。ムルデカ号は、確かにスラワー海運の持ち船ですね」

「コンテナの中身は銀製品、木彫、籐製品らしいが……」

「ええ、そうです」

「荷の送り主は？」

「ジャカルタの『イースト・トレーディング』という貿易会社ですね」

「代表者の名は？」

「張一青《チャンイーチン》さんですね。インドネシア在住の華僑《かきょう》でしょう。東南アジアのあちこちに華僑がいますからね」

「ええ。それで、荷受人は誰になってます？」

　久世は畳みかけた。

「えーと、名古屋市中村区の梅宮孝夫事務所になってますね」

「やっぱり、そうか。その梅宮は、中京会系のやくざなんです。積み荷に〝パラダイス〟という新麻薬が隠されてるかもしれないな」

「その〝パラダイス〟は、去年の秋から首都圏で出回ってる混合麻薬ですよね?」

「ええ、そうです。タイ製の〝ヤーバー〟と同じように錠剤になってるんですが、アンフェタミンに幻覚剤のLSDが混ぜてあるんですよ。それで常用者が幻覚や幻聴に惑《まど》わされて、通り魔的な犯行に及んでるんです」

「ニュースで、続発した殺人事件や傷害沙汰のことは知ってますよ。まいったな。明朝、ムルデカ号の積み荷を厳重にチェックしましょう」

「ぜひ、そうしてください。ただし、積み荷の中に〝パラダイス〟が隠されていても、そのことを愛知県警にも厚生労働省の麻薬取締部にも通報しないでほしいんですよ」

「なぜなんです?」

「新麻薬の密輸には、南米の某国の外交官が関与してる疑いがあるんですよ。それだけじゃなく、さる国の情報機関が何らかの形で与《くみ》してるかもしれないんです」

「ほんとですか!?」

「ええ。地元の警察に下手に動かれると、国際問題に発展する恐れがあります。ですから、本事案《ほんじあん》は警視庁に捜査の主導権を委《ゆだ》ねてもらいたいんです」

「そのことを上司に伝え、〝パラダイス〟を見つけても、そちらの意向に沿うようにしましょう」

「そうしてください。明日の午前中に、また電話をします。失礼ですが、あなたのお名前は？」

「清水靖《しみずやすし》です」

「わかりました。ご協力に感謝します」

「あのう、さる国というのは？」

清水と名乗った男が問いかけてきた。

「その種の質問には、お答えできないんですよ」

「そうなんでしょうが、わたしにだけこっそり教えてくれませんかね」

「あしからず……」

久世は終了キーを押し込んだ。

携帯電話を懐に収め、またもや暗視望遠鏡を覗く。リカルド二等書記官が梅宮と思われる男に笑顔で何か答えている。すぐに彼は右手を横に大きく振った。

価格の交渉には応じられないと言っているのか。それとも、接待の誘いをやんわりと断ったのだろうか。

梅宮らしい男は笑いながら、リカルドの肩を軽く叩いた。武官のエミリアーノとは握手を交わした。

二人のコロンビア人はベンツに乗り込んだ。運転席に腰を沈めたのは、武官のエミリアーノだった。

ベンツの前に出て、リカルドとエミリアーノを締め上げるか。

久世は一瞬、そう思った。しかし、武官のエミリアーノが丸腰のはずはない。梅宮と思われる男の用心棒も拳銃を携行していそうだ。

久世は思い留《とど》まった。

エミリアーノがベンツを発進させた。リカルドは後部座席に深く腰かけていた。ベンツがマークXの脇を走り抜けていった。

久世は覆面パトカーを降り、レクサスに向かっていた梅宮とおぼしい中年男に声をかけた。

「おたく、中京会の梅宮さんやろ?」

「そうだが、あんたは?」

「大阪の浪友会の者や。わし、関東桜仁会相馬組から〝パラダイス〟を転売してもろて、ひと儲けする気でおったんや。けどな、相馬さんは誰かに殺《や》られてもうた。少し前にベンツで東京に戻った駐日コロンビア大使館のリカルド・メンデス二等書記官なら、相馬さんを射殺しおった実行犯のことを知ってるはずや。相馬さんはリカルドの背後におる人物から〝パラダイス〟を大量に仕入れて、首都圏で売り捌《さば》いてたんやから」

「あんた、何わけのわからんことを言ってるんだっ」

「梅宮さん、とぼけんでもええがな。わし、知っとるんやで」

「何を知ってるというんだっ」

「あんたが新麻薬の新しい買い手になったことや。沖に碇泊しとるインドネシア船籍のムルデカ号の積み荷の中に大量の〝パラダイス〟が隠してあるんやろ？　送り主の『イースト・トレーディング』の代表取締役の張一青《チャンイーチン》いう華僑が新麻薬を東南アジアのどこかで密造して、コロンビア人のペドロ・サントスをダミーの黒幕にしとったんちゃう？　けど、警察が動きだしたんで、張《チャン》は不都合な人間を殺し屋に次々と始末させ、リカルド二等書記官に新規の顧客を探させよった。それが梅宮さん、あんたや。図星やろ？」

「なんの話かわからねえな」

「買い付けた〝パラダイス〟の四割をわしに転売してんか。もちろん、色つけるわ。一錠に付き五百円、上乗せするで。それで、どうや？」

「てめえの相手をしてる暇はねえな」

梅宮が言って、かたわらの男に目で合図を送った。

ボディーガードがコートの下から、超短機関銃《スーパー・サブマシンガン》を取り出した。イスラエル製のマイクロ・ウージーだった。拳銃よりもひと回り大きいだけだ。

超短機関銃が低周波に似た唸《うな》りを発しはじめた。

赤い銃口炎《マズル・フラッシュ》が瞬《また》いた。扇撃《ファンニング》ちだった。

久世は身を伏せ、ショルダーホルスターからシグ・ザウエルP230Jを引き抜いた。

スライドを引いたとき、銃声が熄《や》んだ。ほとんど同時に、レクサスが急発進した。

梅宮たち三人の乗った国産高級車は、あっという間に闇に紛《まぎ》れてしまった。タイヤを狙う余裕もなかった。

ちょっと急《せ》いてしまった。

久世は悔《く》やみながら、ゆっくりと立ち上がった。

2

東の空が明るくなった。

朝陽《あさひ》が昇《のぼ》りはじめている。久世は眠気を振り払って、背筋を伸ばした。

覆面パトカーの運転席だ。
四、五十メートル先に、六階建ての茶色いビルが見える。
中京会梅宮組の事務所だ。最上階は組長の自宅になっていた。梅宮には三十歳そこそこの妻がいるが、子供はいない。

前夜、久世は名古屋港から梅宮組の事務所に接近した。しかし、ガードが固かった。組事務所には監視カメラが四台も設置され、出入口の前には夜通し若い組員が立っていた。

梅宮が犬の散歩か何かで外に出てくることを祈ろう。まだ時刻が早い。いまのうちに何か喰《く》い物を買い込んだほうがよさそうだ。

久世はマークXを静かに発進させ、すぐに脇道に入った。裏通りをたどり、表通りに出る。

数百メートル走ると、コンビニエンスストアがあった。

その店の前に覆面パトカーを停め、久世はサンドイッチ、缶コーヒー、煙草を買った。すぐに張り込み場所に引き返し、車内で腹ごしらえをする。

午後八時になっても、梅宮は表に現われない。

久世は税関事務所に電話をかけた。受話器を取ったのは、当の清水だった。

「警視庁の久世です。ムルデカ号の積み荷のチェックは、もう終わったんでしょう?」

「ええ、ついさっき。しかし、どこにも薬物は隠されてませんでしたよ」

「銀製品、木彫、籐製品のすべてをエックス線検査しました?」

「ええ、もちろんですよ。念のため、籐椅子の幾《いく》つかを分解してみました。ですけど、新麻薬は見つかりませんでした」

「そうですか。洋上取引が行われたんだろうか」

「ムルデカ号が〝パラダイス〟を運んでたとしたら、名古屋港の外海で洋上取引された可能性もあると思います。そうじゃないとしたら、沖合でムルデカ号の船員が新麻薬を吊るした浮き袋を海に投げ落として、それを買い手に回収させたんでしょうね」

「後者だとしたら、昨夜《ゆうべ》のうちに〝パラダイス〟は回収されたんだろうな」

「そう考えてもいいと思います。百トン以上の船は海保のレーダーに捕捉《ほそく》されますから、薬物の回収には十トン未満の漁船か大型モーターボートが使われたんでしょう」

「ええ、おそらくね」

「愛知県沿岸の漁業組合やマリーナに問い合わせれば、きのうの晩、小舟やモーターボートをチャーターした者がいるかどうかわかると思います」

「そうでしょうね」

久世は電話を切って、セブンスターに火を点けた。

やくざも税関の積み荷検査が完璧《かんぺき》でないことは知っているだろう。輸入品の一つひとつを入念にチェックするには、あまりにも職員の数が足りない。したがって、検査洩《も》れが出てしまう。

とはいっても、薬物が見つからないという保証はない。だから、麻薬の売買の多くが洋上で行われているのだろう。

梅宮組は、きのうのうちに買った〝パラダイス〟を海上で回収したにちがいない。

久世は確信を深め、煙草の火を揉み消した。逸《はや》る気持ちを抑《おさ》えながら、辛抱強く張り込みつづける。

梅宮が組事務所から姿を見せたのは、午後十時過ぎだった。前夜、超短機関銃をぶっ放したボディーガードを伴《ともな》っていた。番犬は、津川《つがわ》という名で呼ばれていた。

津川が恭《うやうや》しくレクサスの後部座席のドアを開けた。梅宮がリアシートに腰かける。

津川が慌《あわ》ただしく運転席に入り、レクサスを走らせはじめた。

久世は充分に車間距離を取ってから、覆面パトカーを発進させた。

レクサスは名古屋の市街地を抜け、名四街道に入った。愛知県の名古屋市と三重県の四日市市を結ぶ街道である。桑名《くわな》市の先は、伊勢湾に沿って延びていた。

回収した〝パラダイス〟は、三重県の漁村の番屋《ばんや》に保管してあるのかもしれない。

久世はそう思いながら、追尾《ついび》しつづけた。

レクサスは四日市港を通過すると、伊勢街道を進んだ。さらに津市河芸《かわげ》地域に向かった。やがて、レクサスは雑木林の中の一軒家の敷地内に入った。

古民家をどこからか、移築したようだ。梅宮組長のセカンドハウスなのか。

久世は林道にマークXを駐《と》め、趣《おもむき》のある民家に忍び寄った。

レクサスの中には誰もいなかった。

足音を殺しながら、建物に近づく。家屋《かおく》を回り込むと、広い土間《どま》に二つの人影があった。梅宮と津川だ。

二人の前には、トラックの古タイヤが堆《うずたか》く積まれている。タイヤの中には、小分けされた錠剤が詰まっていた。〝パラダイス〟にちがいない。

久世はホルスターから自動拳銃を引き抜き、スライドを滑らせた。初弾が薬室に送り込まれた。

久世は土間に躍《おど》り込み、銃把《グリップ》に左手を添えた。両手保持の姿勢で撃つと、まず的《まと》は外さない。

「二人とも両手を高く挙げるんだっ」

「てめえ、昨夜《ゆうべ》の……」

津川が言いながら、右手をベルトの下に伸ばした。拳銃を引き抜くつもりらしい。

久世は銃口を下げ、無造作に引き金を絞った。銃声がこだました。左脚《ひだりあし》に被弾した津川が前のめりに倒れた。

久世は津川に駆け寄って、右手首を強く踏みつけた。

津川が呻いて、持っていたコンパクトピストルを放した。アメリカ製のブローリン・アームズP45Cだ。コルト社のコマンダーモデルのコピー製品で、銃身、フレーム、銃把が小型化され、扱いやすい。

久世は左手でブローリン・アームズP45Cを掴み上げ、数歩退《さ》がった。

「積み上げられてる古タイヤは昨夜、名古屋港沖でインドネシア船籍の貨物船から海に投げ落とされた物だな？　中身は〝パラダイス〟だ」

「どれもサプリメントの錠剤だよ」

「空とぼける気か」

「て、てめえ、また撃つ気なのかっ」

津川が半身を起こした。

久世は奪ったコンパクトピストルのスライドを引き、ＡＣＰ弾で津川の右肩を撃った。津川が後方に倒れ、体をくの字に縮めた。

「き、きさま、頭《ベテン》がおかしいんじゃねえのか。いきなり発砲するなんて、狂ってやがる」

梅宮が呆《あき》れ顔で言った。

「きのうのお返しさ。次は、あんたをシュートしてやる」

「落ち着けよ」

「おれは落ち着いてるよ。〝パラダイス〟は、駐日コロンビア大使館のリカルド二等書記官から買ったんだな？」

「そ、それは……」

「時間稼ぎはさせないぞ。どこを撃ってほしい？」

「なんとか見逃してくれねえか。もちろん、それなりの礼はする。中京会は関東や関西の組織と違って企業舎弟の数が少ねえから、麻薬ビジネスで銭を稼がねえと、遣り繰《シノギ》りがきついんだよ」

「愚《おろ》かな野郎だ」

久世は冷笑し、梅宮の左腕を撃った。引き金を絞ったのは、ブローリン・アームズP45Cのほうだった。

「くそーっ」

梅宮が歯を剝《む》いて、よろけた体を支えた。

「不様《ぶざま》に引っくり返らなかったのは、さすがだな。誉《ほ》めてやるよ、組長」

「なめやがって」

「あんたを撃ち殺しても、まだ番犬の津川がいる。組長にはくたばってもらうか」

久世は引き金の遊びを絞った。梅宮の顔面が引き攣《つ》った。

「撃《ハジ》かねえでくれ」

「おれの質問に答える気になったんだな？」

「ああ。東京にいる昔の舎弟から〝パラダイス〟のことを聞いて、卸し元を調べてもらったんだ。それで、リカルドさんから新麻薬の錠剤を一万錠買い付けたんだよ」

「古タイヤの中に〝パラダイス〟が一万錠も詰まってるようには見えない。残りはどこにある？」

「ここに一万錠あるはずだ」

「おれの目は節穴じゃないぜ。念仏を唱《とな》えろ！」

「やめろ！　撃たないでくれ。残りの五千錠は中京会の本部に運ばせた。今回は本部絡《がら》みの取引だったんでな」

「そうか。〝パラダイス〟の密造者は、ジャカルタ在住の張一青《チャンイーチン》なんだな？　ムルデカ号の船主だよ」

「リカルドさんは〝パラダイス〟はインドネシアのどこかで密造してるって話をしてくれただけで、卸し元《ネタモト》が誰だとは教えてくれなかったんだ。ただ……」

「最後まで喋るんだっ」

「リカルドさんの話だと、密造工場の幹部たちは〝ヤーバー〟をこしらえてたタイ人らしい。そいつらがインドネシア人たちに〝パラダイス〟の製法を伝授《でんじゅ》してるみてえだな」

「コロンビア人のリカルドとインドネシアの接点がわからないな。二等書記官は日本、中国、韓国の文化に関心が深いらしいから、華僑の張《チャン》とどこかで知り合って、ドラッグ・ビジネスの手伝いをする気になったんだろう」

「そのあたりのことは、おれは何も知らねえんだ」

「ま、いいさ」

「レクサスのトランクルームに予備のガソリンタンクを積んであるか？」

「十リッター入りのタンクを入れてあるが……」

「そいつを取って来い」

「な、何を考えてるんだ⁉」

「いいから、言われた通りにしろっ」

久世は二挺の拳銃で威嚇《いかく》して、梅宮を建物の外に出した。自分は玄関口に立ち、津川と梅宮の両方を監視する。

ほどなく梅宮が予備のガソリンを持って土間に戻ってきた。久世は、梅宮に古タイヤの上にガソリンを撒《ま》かせた。

「組長《オヤジ》さん、その野郎は〝パラダイス〟を焼却処分する気ですぜ」

津川が痛みに顔を歪《ゆが》めながら、梅宮に告げた。

「わかってるよ」

「いいんですか？」

「仕方ねえだろうが！」

梅宮が苛《いら》ついた。津川が首を竦《すく》めて口を閉ざした。

久世は拳銃をホルスターに戻し、くわえた煙草に火を点けた。セブンスターを深く喫《す》いつけ、タイヤの山に投げ捨てる。火は点いたままだ。

数秒後、着火音がした。

炎はゆっくりと拡《ひろ》がり、黒煙を吐きはじめた。土間にゴム臭さが漂いはじめた。

やがて、炎は天井まで達した。

「番犬、立てよ」

久世はコンパクトピストルの銃口を津川に向けた。津川が悪態《あくたい》をつきながら、のろのろと立ち上がった。

ちょうどそのとき、重い銃声が響いた。頭を撃ち砕《くだ》かれた梅宮が棒のように倒れた。

久世はやや腰を落とし、コンパクトピストルを握り直した。

玄関先に、武官のエミリアーノ・レストレポが立っていた。大型拳銃を握っている。

エミリアーノの背後には、やつれ切った姿の魚住由華がたたずんでいた。衣服はよれよれだ。

「あんた、なんで組長《オヤジ》を撃ったんだよっ」

津川がエミリアーノを詰《なじ》った。

エミリアーノはせせら笑って、津川の眉間《みけん》に銃弾を浴びせた。津川の体が後ろに吹っ飛んだ。倒れたきり、まったく動かない。

「おまえ、武器を全部捨てるね。そうしないと、この女、死ぬよ」

武官がリャマ87の銃口を由華のこめかみに押し当てた。リャマはスペイン製の大型拳銃だ。コンバットシューティング用である。

「わかったよ」

久世は二挺のハンドガンを足許に落とし、恋人の名を呼んだ。

だが、由華はほとんど表情を変えなかった。目は虚《うつ》ろだった。

「この女、もうジャンキーね。〝パラダイス〟がないと、おかしくなる。もう薬物《ドラッグ》の効き目が消えかけてる」

「由華は、おまえが拉致したのかっ」

「そうね。わたし、リカルドさんに頼まれた。それで、この女をある場所に監禁して、麻薬漬《づ》けにした。もちろん、それだけじゃないね。由華は、わたしのセックスペットになった。おまえの彼女、いい体してる。わたし、たっぷり娯《たの》しませてもらったよ」

「きさまをぶっ殺してやる！」

「おまえが怒るの、わたし、わかる。でも、仕方ないね。二人とも運が悪かったよ」

「撃ちたきゃ、撃て！」

「その前に、わたし、由華を殺す。それでもいいのか？」

「くそっ」

「おまえ、体の向きを変えろ。後ろ向きになるね」

エミリアーノが命じた。久世は体を反転させた。エミリアーノの足音が近づいてくる。

久世は相手を充分に引き寄せてから、後ろ蹴りを放った。靴の踵《かかと》がエミリアーノの向こう臑《ずね》に当たった。武官が口の中で呻いた。

久世は右の肘打《ひじうち》を繰り出した。

エルボーは空に流れた。向き直ろうとしたとき、久世は首に尖鋭《せんえい》な痛みを覚えた。

エミリアーノに注射針を突き立てられたのだ。中身は筋弛緩《きんしかん》溶液か、麻酔溶液だろう。

久世は全身で暴《あば》れた。だが、注射針は抜けなかった。

急にエミリアーノが離れた。久世は体ごと振り返った。コロンビア人がにっと笑い、手にしている注射針を足許に落とした。ポンプの中は空だった。

「溶液は何なんだ？」

「麻酔薬ね。おまえ、もうじき意識がなくなる」

「その前に……」

久世は右足を飛ばした。エミリアーノの股間《こかん》を蹴り上げるつもりだったが、靴の先は相手の太腿に当たった。

エミリアーノが逆上し、久世の腹部を蹴った。一瞬、息ができなかった。久世は躱《かわ》す気でいたが、体が動かなかった。唸《うな》りながら、ゆっくりと頽《くずお》れた。久世はすぐに立って、反撃したかった。しかし、手脚《てあし》が自由に利かない。

土間に横たわってしまった。古タイヤを焦《こ》がしている炎が熱い。だが、炎から遠ざかるだけの気力も体力もなかった。

もがいているうちに、急速に意識がぼやけはじめた。

「由華、逃げろ！　走って逃げるんだ」

久世は声を振り絞った。叫んだつもりだったが、発した声は呟きに近かった。ふたたび大声を張り上げようとしたとき、何もわからなくなった。

それから、いったいどれほどの時間が経過したのか。

久世は風の音で、我に返った。気流に乗っている熱気球のゴンドラの中だった。両手首と両足首を針金で、きつく縛《しば》られている。

すぐ右側には、由華が横たわっていた。やはり、彼女も体の自由を奪われていた。

麻酔注射で眠らされているようだ。

黄昏《たそがれ》が迫っていた。

久世は肘《ひじ》を使って、上体を起こした。ゴンドラで遮《さえぎ》られ、視界は利かない。市街地の上空なのか。それとも熱気球は山岳地帯か、海上を舞っているのだろうか。

勢いよく燃えているバーナーの炎の音で、何も耳に届かない。体は芯《しん》から冷え切っていた。

久世は大声で呼びかけながら、肩を恋人の体にぶつけた。しかし、由華は意識を失ったままだった。

「由華、起きてくれ！」

久世は由華に少しずつにじり寄って、彼女の両手首に顔を近づけた。針金の端をしっかりと嚙み、縛《いまし》めを緩《ゆる》める。五分ほど要したが、由華の両手は自由になった。

ふたたび久世は、恋人の名を呼んだ。だが、由華は意識を取り戻さない。

久世は由華の体の上にのしかかり、今度は足首を括《くく》った針金を口でほどいた。ちょうどそのとき、由華が自分を取り戻した。しかし、彼女はエミリアーノに押さえ込まれていると勘違いしたようだ。

「もう変なことはしないで。お願いだから、離れてちょうだい！」

「由華、おれだよ」

「えっ、隼人さんなの!?」

「そうだ。おれたちは麻酔注射で眠らされた後《あと》、熱気球のゴンドラに乗せられたんだよ。二人とも両手足を縛られてな」

久世は言って、由華から離れた。由華が上体を起こし、久世の縛《いまし》めを解《と》く素振りを見せた。

「おれの針金をほどく前にゴンドラの縁《ふち》につかまって、ゆっくりと立ち上がってくれ。それで、熱気球の下を覗いてくれないか」

久世は大声で言った。

由華がうなずき、少しずつ腰を浮かせた。すぐに彼女は体を竦《すく》ませた。かなり高度はあるようだ。

「眼下には何が見える？」

「山や畑しか見えないわ。あっ、建物が見える。豆粒みたいに小さいわ」

「どこかに着陸しよう。『SAT《サット》』の隊員になったばかりのころ、熱気球やパラ・プレーンの操縦も教わったんだ」

久世は、歯で両手首の針金を外しにかかった。由華が屈《かが》み込み、久世の足首の縛めをほどく。

「きみは坐っててくれ」

久世は恋人をゴンドラの底に腰を据えさせ、静かに立ち上がった。すぐに眼下に目を落とす。

丘陵地の上空を飛行中だった。高度は二千メートル以下だろう。山林と山林の間に、ところどころ平地がある。着陸できそうな場所がどこかにありそうだ。

熱気球の操縦は、それほど難しくない。気球《バルーン》の中の空気を熱すれば、ゴンドラは高く舞い上がる。ガスバーナーのバルブを閉じれば、気球内の空気が冷え、高度は下がっていく。バルブの調整で、高度を変化させるわけだ。

「エミリアーノに帰宅途中で拉致され、どこかにずっと監禁されてたんだな?」

「ええ。場所はわからないけど、地下室に閉じ込められてたの。食べる物の中に〝パラダイス〟とかいう混合麻薬が混入されてるとは知らなかったんで、わたし……」

由華が涙ぐんだ。

「そのことは、もういいんだ」

「ううん、喋らせて。〝パラダイス〟の中毒になったわたしは薬が切れるたびにエミリアーノに穢《けが》されて、屈辱的なことをさせられたの」

「きみを辛《つら》い目に遭《あ》わせることになってしまったのは、おれが〝パラダイス〟の密売ルートを突きとめようとしたからなんだ。赦《ゆる》してくれ」

「謝らなければならないのは、わたしのほうよ。わたしはドラッグ欲しさにプライドを棄《す》てて、エミリアーノの言いなりになってたの。もう隼人さんとは、おつき合いできない女になってしまったのよ。だから、わたしと別れて！」

「何を言ってるんだっ。由華、どうかしてるぞ」

「負《お》い目を感じながら、愛を紡《つむ》ぐことなんか無理よ」

「自分を責めることはないんだ。由華には少しも落ち度はないんだから、堂々としてろよ」

「わたしは、もう駄目よ。いまだって、〝パラダイス〟が欲しくてたまらないの。あの混合麻薬が手に入るんだったら、わたし、どんなことでもすると思う。わたしは、もう以前の魚住由華じゃないのよ。だから、隼人さんに愛される資格がないの」

「知り合いが薬物中毒者の更生施設を主宰してる。そこに半月か一カ月入所して、心身ともにリフレッシュしろよ。きっと元のきみに戻れるさ」

「わたし、ゴンドラから飛び降りてしまいたいわ」

「身勝手な言い分だな」

久世は突き放すように言った。

「え？」

「自分が負い目から解き放たれれば、それでいいのかっ。きみの人生を周《まわ》りで支えてる人間のことは、どうでもいいのかい？　そう考えてるんだったら、おれはがっかりだね」

「でも……」

「由華が苦悩してるように、おれも重い責任を感じてるんだ」

「責任？」

「そうだよ。大事な女性を犯罪被害者にしてしまったのは、おれのせいだ。おれが〝パラダイス〟の密売ルートを暴《あば》こうとしたから、犯人グループは由華を人質に取った。職務をすぐに放棄すれば、きみは解放されただろう。しかし、刑事として犯罪者の脅迫に屈することはできなかったんだよ。おれのほうこそ、由華を愛する資格がないのかもしれない。でもな、おれは由華に惚れてるんだ。だから、何があっても別れない。いいな！」

「隼人さん……」

由華が泣き崩れた。

着陸地点を決めなければならない。

久世は、バーナーのバルブを絞った。熱気球が徐々に高度を下げはじめた。

3

市街地の先は海だった。

相模湾《さがみ》である。波は穏《おだ》やかだ。海面は陽光を吸って、美しくきらめいている。

久世は、鎌倉にある薬物中毒者更生施設の庭にいた。

由華とベンチに腰かけ、ぼんやりと海原《うなばら》を眺めていた。午後二時過ぎだ。

熱気球で三重県鈴鹿《すずか》市郊外の休耕地に舞い降りたのは、三日前だった。久世は由華とともにヒッチハイクで梅宮のセカンドハウスに戻った。

古民家は全焼し、梅宮と津川の死体も片づけられていた。シグ・ザウエルＰ２３０Ｊは、どこにも見当たらなかった。コロンビア人武官が持ち去ったのか。あるいは、火災現場近くに遺棄《いき》されたのか。

久世は覆面パトカーの助手席に由華を乗せ、この施設にやってきた。薬学博士である所長に事情を話し、恋人を受け入れてもらったのだ。

入所当日、禁断症状に陥った由華は理性を忘れて駄々っ子のように泣き喚《わめ》いた。ボランティアの医師や看護師にも毒づいた。

しかし、催眠剤しか投与されなかった。入所してから、由華は断続的に禁断症状を見せたらしい。それでも、少しずつ落ち着きを取り戻しつつあるという話だった。

エミリアーノが梅宮を射殺した後、リカルド二等書記官は姿をくらましている。武官のエミリアーノも行方がわからない。二人が海外逃亡を図った形跡はなかった。国内のどこかに潜伏していることは間違いない。

「監禁されてた場所は、海の近くだったのかもしれないわ」

由華が低く呟いた。

「波の音が聞こえたのか？」

「ううん、そうじゃないの。エミリアーノが地下室のハッチを開いたとき、いつも潮の香《か》がしたから」

「そうか」

「だけど、場所は特定できないわ。拉致されたとき、すぐに麻酔注射で眠らされたし、地下室から外に連れ出される前にも同じように……」

「無理に思い出さなくてもいいんだ。思い出したくもないだろうからな」

「ええ、そうね」

「それよりも、幾つか確認させてほしいんだ。監禁場所にリカルドが来たのは何回だったんだい？」

「二回だけよ。リカルドとエミリアーノはスペイン語で喋ってたから、会話内容はよくわからなかったわ。スンヒという人名は何度も耳にしたわね。何か思い当たる？」

「ああ」

久世は順姫《スンヒ》のことを詳しく話した。

「その売れっ子ホステスがリカルドに気がある振りをして、〝パラダイス〟の運び役をやらせてたんじゃない？」

「それは間違いないだろう。しかし、新麻薬の卸し元はペドロ・サントスじゃなかったんだよ。〝パラダイス〟の密造者は、インドネシア在住の張一青《チャンイーチン》という実業家と考えられるんだ」

「その華僑がスラワー海運の社長だという話だったわね？」

「そう。ムルデカ号は、スラワー海運の貨物船なんだよ。それはそれとして、張《チャン》とリカルドの結びつきがどうしてもわからないんだ」

「その二人を結びつけたのは、順姫《スンヒ》というホステスなんじゃないのかしら？」

由華が言った。

「そうか、そうだったのかもしれない。リカルドは順姫《スンヒ》にぞっこんだったから、〝パラダイス〟のダミーの卸し元を探す気になった。そして、同じ町出身のペドロ・サントスを紹介した。張《チャン》は密造した新麻薬をいったんコロンビアに送って、ペドロに〝パラダイス〟を日本に転送させてた。外交官のリカルドは特権を悪用して、自分自身でも新麻薬の一部を日本に持ち込んでた。そう考えれば、話の辻褄《つじつま》が合ってくるな」

「ただ、今度は脱北者の順姫《スンヒ》と中国人実業家の繋がりが謎になってくるわね?」

「ああ。順姫《スンヒ》が北の工作員だとしたら、華僑の張《チャン》に接近した理由はわかる。独裁国家が麻薬の密造で外貨を獲得してきたことは、いまや公然たる秘密だ。しかし、核の地下実験の件で北朝鮮は先進国を敵に回し、国際的に孤立しかけてる。三代目将軍がダーティー・ビジネスをやらせてることを中国に知られたら、頼りにしてる支援国にもそっぽを向かれてしまう」

「そこで、〝パラダイス〟を華僑の張《チャン》に密造させたわけ?」

「多分な。拝金主義者の実業家なら、イデオロギーやモラルなんか気にしないで、銭儲けを優先させるだろう」

「ええ、そうかもしれないわね」

「公安調査庁の関根という調査官が順姫《スンヒ》をマークしてるようなんだ。おそらく順姫《スンヒ》は、北の工作員なんだろう。それから、『ソウル』のオーナーの朴泳修《バクヨンス》も麻薬ビジネスの協力者と思われる」

　久世は言って、脚《あし》を組んだ。

「北の独裁者が〝パラダイス〟でひと儲けしてることが発覚したら、政権が崩壊するんじゃないかしら？　いくらなんでも、将軍の脱線ぶりには側近たちも目をつぶれなくなるでしょう？」

「そうだな。数年のうちに、クーデターが起こっても不思議じゃないね。だいたい社会主義国家で世襲制がとられてることが、政治理念から外れてるんだ。将軍を絶対視してる人民も、きっと大きな矛盾に気づくにちがいない」

「ええ、そうでしょうね。ところで、このままでいいの？　話を蒸《む》し返すようだけど、わたしはもう取り返しがつかないほど汚れて堕落《だらく》してしまったのよ。同情や憐《あわ》れみは、愛情じゃないわ」

「不可抗力だったんだ。だから、ことさら卑屈《ひくつ》になる必要はないんだよ」

「だけど……」

「おれたちは何も変わらない。それどころか、今度のことで一段と絆《きずな》が深まったと思ってるよ」

「ありがとう」

由華が久世の手を握った。久世は恋人の手を強く握り返してから、おもむろに立ち上がった。

「ちょっとトイレに行ってくる」

「そう。わたしは、ここで待ってるわ」

由華が言って、水平線に目をやった。

久世は西洋芝の植わった庭から、リゾートホテル風の建物の中に入った。更生施設は篤志家たちの寄附で運営されていた。久世は手洗いに寄ってから、所長室を訪ねた。

五十三歳の所長は、綿ネルの長袖シャツの上にフリースを重ねていた。下はジーンズだった。白衣は着ない主義らしい。

「魚住さん、少し落ち着かれた様子だね」

所長がそう言い、久世にソファを勧めた。

二人はコーヒーテーブルを挟んで向かい合った。

「どんな薬物中毒者にも、フラッシュバックがあるんでしょ?」

「ええ、ありますね。そのうち魚住さんは、また〝パラダイス〟を欲しがるでしょう」

「そうでしょうね」

「しかし、中毒の度合がそれほど深刻ではないから、二カ月前後で禁断症状は消えるでしょう。問題は心のケアがどこまでできるかだね。彼女は辱《はずかし》められて、新麻薬の錠剤を服《の》まされてしまった。心の傷は深いと思うんですよ」

「時間はかかるでしょうが、彼女の心を必ず癒《い》やしてやります。由華は、こっちの潜入捜査の巻き添えを喰《く》ったわけですからね」

「どんな薬物療法よりも、患者が信頼してる人物の優しさや励ましが効果的なんだ。どうか魚住さんを温かく見守ってやってください」

「もちろん、そのつもりです。所長、彼女のことをよろしくお願いしますね」

久世は強く頼み、ソファから腰を浮かせた。

所長室を出て、内庭の石畳を歩きはじめて間もなくだった。久世のポリスモードが鳴った。発信者は早瀬課長だった。

「三十分ほど前に精進湖畔《しょうじこはん》を走行中だったレンタカーが爆発炎上し、車内にいたリカルド二等書記官とエミリアーノが焼死した。山梨県警本部に問い合わせた結果、レンタカーのクラウンの車台の下に磁石式の時限爆破装置が仕掛けられたことがわかったんだよ」

「おそらく〝パラダイス〟の密造者の張一青《チャンイーチン》が二人のコロンビア人の口を封じさせたんでしょう」

「その可能性はあるね。しかし、実行犯は赤坂の例の韓国クラブのオーナーなのかもしれない」

「朴《パク》がレンタカーごとリカルドとエミリアーノを爆殺したのではないかと……」

「ああ。というのはね、白山《はくさん》商事グループの保養所が河口湖のそばにあることがわかったんだ。リカルドたちが爆死した現場は同じ富士五湖の一つだし、距離もそう離れていない。わたしは、リカルドたち二人は朴《パク》の会社の保養所に身を隠してたんじゃないかと推測したんだが、久世君はどう思う？」

「『ソウル』のオーナーが新麻薬密売の協力者なら、自分の会社の保養所にリカルドたち二人を匿《かくま》った可能性はあると思います。しかし、父親の事業を引き継いで今日の白山商事グループまで成長させた在日実業家が自らの手を汚すだろうか。犯行が発覚したら、朴《パク》は築き上げたすべてを失うことになるんですよ。実業家はイデオロギーよりも、まず損得勘定をするはずです」

「何者かが朴《パク》の犯行に見せかけて、リカルドたち二人をレンタカーごと焼き殺したんだろうか？」

「ええ、そうなのかもしれません」

「レンタカーに時限爆弾装置を仕掛けたのは、人気ホステスの順姫《スンヒ》なんだろうか。脱北者の中に北の工作員が紛れ込んでたケースがあるからね」

「まだ何とも言えませんね」

「いや、順姫《スンヒ》はシロだな。彼女は、報道写真家の向山逸郎《むかいやまいつお》が八年前に設立した脱北者支援組織『砂の粒』に毎月十万円のカンパをしてることが公安部の情報ではっきりしてるから」

「その話は初耳ですね」

「〝パラダイス〟に北の工作員が関わってるかもしれないと思って、公安部から順姫《スンヒ》や朴泳修《パクヨンス》の情報を提供してもらったんだよ」

「そうだったんですか」

久世は言って、ベンチの由華を見た。由華は海を眺めている。自分が石畳にたたずんでいることには気づいていない様子だ。

向山は世界の難民たちのルポ写真を国内外で発表し、知名度も高い。まだ五十四歳のはずだが、すでに総白髪だ。理知的な面立《おもだ》ちで、女性ファンが多い。テレビの報道番組にコメンテーターとして出演もしている。

「向山逸郎は資産家の息子なんだが、遺産はもう遣《つか》い果たしてしまったようだ。世界の戦地や紛争地に自費で取材に出かけ、何もかも失ってしまった難民たちにカメラを向けつづけてきたわけだからね」

「コマーシャル写真と違って、報道写真は金になりません。使命感に支えられて、向山逸郎はシャッターを押しつづけてきたんでしょう」

「そうなんだろうね。その上、『砂の粒』でボランティア活動もしてる。尊敬に値する人物だよ。なかなかそこまではできない」

「ええ、そうですね」

「話が逸《そ》れてしまったが、順姫《スンヒ》は『砂の粒』に月々、十万円もカンパしてるそうだから、本気で脱北者を支援したいと思ってるんだろう」

「そうじゃないとしたら、彼女は北のスパイとして、日本の脱北者支援団体の活動内容を探って、〝35号室〟あたりに密告してるんでしょうね」

「意地の悪い見方をすれば、そうなるな。しかし、順姫《スンヒ》自身が家族と一緒に祖国を棄《す》てた人間だから、シロと考えてもいいんじゃないのか」

「そうなのかな」

「ところで、恋人の様子はどうだね」

課長が話題を転じた。

「少し落ち着いたようです」

「それはよかった。警察の人間が湘南の更生施設に来たりしてないね？」

「ええ。課長が由華を保護したことを伏せてくれたんで、捜査の手はまったく……」

「魚住由華さんは拉致監禁されて、無理に混合麻薬の錠剤を服《の》まされたんだ。そのことをマスコミに発表したら、彼女の心の傷はいつまでも消えないだろう。魚住さんが久世君の恋人じゃなくても、わたしは被害事実を新聞社やテレビ局の連中に話す気はなかったよ」

「そうでしょうが、今回は課長の配慮に感謝してます。お礼を言います」

久世は通話を切り上げ、刑事用携帯電話を懐に収めた。

ベンチに戻り、由華と雑談を交わす。三十分ほど経《た》ってから、久世は恋人と別れた。マークXで、東京に引き返す。

都内に入って間もなく、相棒の秋山から電話がかかってきた。

「昼過ぎから順姫《スンヒ》のマンションを張ってるんですが、少し前に彼女の部屋から公安調査庁の関根さんが出てきたんですよ」

「二人は親しげだったのか？」

「ええ、そう見えました。久世先輩、関根さんは順姫《スンヒ》の色香に惑わされて、何か彼女の不正を見逃してるんじゃありませんかね」

「その可能性はあるかもしれない」

久世は、課長から聞いた話を秋山に教えた。

「リカルドたち二人が爆殺されたんですか⁉」

「おそらくインドネシアにいる張《チャン》がリカルドとエミリアーノを誰かに始末させたんだろうな。事件現場が白山商事グループの保養所に近いことから、課長は『ソウル』の経営者を怪しんでたが……」

「朴《パク》の両親は北の出身だという話でしたよね。そんなことで、麻薬ビジネスに協力してるんだとすれば、張《チャン》の背後には独裁者の側近がいるんだろうな」

「そうなのかもしれない」

「しかし、張《チャン》は華僑なんですよね。中国人が北の独裁者のために、なぜ危険な橋を渡る気になったんでしょう？　金だけのために、そこまでリスキーなことはしないと思うんですがね」

「張《チャン》には協力しなければならなかった理由が何かあったんじゃないのか」

「たとえば、どんなことです？」

「そうだな。親族の誰かが北朝鮮出身者と結婚してるとか、過去に張《チャン》は中国製の衣類や電化製品を北朝鮮に密輸してたとかな」

「それから、身内の誰かが北の工作員に拉致されて、麻薬密売の黒幕役を引き受けさせられたとも考えられますね」

「ああ、そうだな」

「自分、『砂の粒』に一度だけカンパしたことがあるんですよ。向山逸郎の報道写真を高く評価してましたし、非営利団体の脱北者支援活動をはじめる気持ちもわかりましたんで」

「それ、どういう意味なんだ？」

「久世先輩は、ご存じなかったのか。向山逸郎のひとり娘は北京大学に留学中に失踪して、未《いま》だに安否がわからないんですよ。確か未来《みく》という名で、一年数カ月前に中朝国境近くの吉林省琿春《こんしゅん》で行方不明になったんです」

「北京大学に留学してる日本人学生が忽然《こつぜん》と姿をくらました事件のことは、うっすらと記憶してるよ。しかし、それが著名な報道写真家の娘だったことまでは憶《おぼ》えてない」

「そうですか。向山逸郎が脱北者の支援活動をやってることに北の独裁者が腹を立てて、工作員に報道写真家の愛娘《まなむすめ》を拉致させたんじゃないのかなんて臆測《おくそく》が一部の週刊誌に載ったりしたんですよ」

「それは、まったく知らなかったな」

「仮にそうだったとしたら、北の独裁国は向山逸郎にさまざまな厭《いや》がらせをして、脱北者の支援活動をやめさせようとするでしょうね。わが子を人質に取られてたら、正義感の塊《かたまり》みたいな報道写真家も脅迫に屈してしまうでしょう」

「だろうな」

「ですけど、『砂の粒』はいまも活動中です。だから、向山逸郎の娘の未来《みく》が北の工作員に拉致されたかもしれないという話は、単なる臆測に過ぎなかったんでしょう」

「ああ、多分な」

「自分、公調の関根さんを少しマークしてみます」

「そうしてくれ。おれは上野に向かって、白山商事グループの本社に行ってみる」

「朴《パク》の動きを探《さぐ》るんですね？」

秋山が確かめた。

「そうだ」

「気をつけてくださいね。朴《パク》が〝35号室〟と内通してたら、久世先輩、北の工作員たちに拉致されてしまうかもしれないから」

「そうされたら、独裁者の顔面にパンチをぶち込んでやる。その場で銃殺されるだろうが、必ず一発殴ってやるよ」

　久世は軽口をたたいて、電話を切った。

　上野に着いたのは、小一《こ》時間後だった。白山商事グループの本社ビルは九階建てで、昭和通りに面している。

　久世は覆面パトカーを本社ビルの少し手前に停め、偽電話をかけた。『ソウル』に洋酒を卸している出入り業者を装って、総帥に電話を回してほしいと頼んだのである。

　電話は、社長秘書の女性に繋がれた。

「現在、社長は来客中ですので、こちらから折り返しご連絡させていただきます。失礼ですが、貴社名とご氏名をうかがわせてもらえますでしょうか？」

「三十分後に電話をかけ直すよ」

　久世はプリペイド式の携帯電話の終了キーを押し、紫煙をくゆらせはじめた。

　マークしたビルの表玄関から外事二課の村尾が出てきたのは、およそ四十分後だった。彼は何か考えているような顔つきで、JR上野駅方向に消えた。

　外事課の刑事も職務では、原則としてペアで行動する。村尾が単独で、朴《パク》の会社を訪れたのは私用と思われる。

　村尾は、自分が大阪の極道に化けて相馬を京陽プラザホテルのティールームに呼び出そうとしたとき、ロビーにいた。捜査中に二度も村尾の姿を見かけたのは、ただの偶然ではなさそうだ。

もしかすると、村尾は内偵中の事件《ヤマ》に強い関心を懐《いだ》いているのかもしれない。そうだとしたら、なぜなのか。課長に村尾の個人情報を少し集めてもらうか。

久世は上着の内ポケットから、ポリスモードを摑み出した。

4

ちょうど午後六時だった。

白山商事グループの本社ビルから、朴《バク》が現われた。灰色のジョギングウェア姿だった。

久世はマークXのギアをD《ドライブ》レンジに入れた。

朴《バク》が走りはじめた。健康を維持するため、毎日、ジョギングをしているのだろう。

久世は低速で、『ソウル』のオーナーを尾《つ》けつづけた。

朴《バク》は昭和通りを短く走り、上野駅を回り込んだ。そのまま上野公園内に走り入った。

久世は覆面パトカーを西郷《さいごう》銅像の斜め前に駐《と》め、朴《バク》を追った。

朴《バク》は清水観音堂の横を抜けると、走ることをやめた。徒歩で奥に向かっている。

久世も歩きはじめた。そのすぐ後、懐《ふところ》で刑事用携帯電話が振動した。張り込み中にマナーモードに切り替えておいたのだ。

「自分です」

秋山が小声で告げた。

「何か動きがあったようだな？」

「はい。公調の関根調査官が少し前に上野公園に入りました。園内で、誰かと落ち合うようです」

「その相手は朴泳修《パクヨンス》かもしれない。おれも朴《パク》を尾行して、ついさっき上野公園に入ったとこなんだ」

「えっ、そうなんですか!?」

「関根のいる場所を教えてくれ」

「寛永寺《かんえいじ》の五重塔の前に立っています。自分は、塔の近くの植え込みの中に隠れてます」

「わかった。そこにいるんだ。いいな？」

久世は電話を切って、朴《パク》を追った。

公調の関根と朴《パク》は、どういう関係なのか。白山商事グループの総帥は北のスパイではなく、公調のＳ《エス》だったのか。あるいは、ダブルスパイなのだろうか。

　久世は歩《ほ》を進めた。

　朴《バク》が遊歩道を左に曲がった。道なりに進めば、五重塔の前に出る。久世は繁《しげ》みの中に足を踏み入れ、遊歩道と並行《へいこう》する形で歩いた。

　ほどなく朴《バク》が五重塔の前で立ち止まった。そこには、三十四、五歳の男が待ち受けていた。公安調査庁の関根だろう。

　灌木《かんぼく》が揺れ、誰かが近づいてくる。相棒の秋山刑事だった。

「朴《バク》と向かい合ってるのは、公調の関根だな？」

「そうです」

「できるだけ二人に接近しよう」

　久世は中腰になって、遊歩道に近づいた。秋山が久世に倣《なら》った。

「やっぱり、順姫《スンヒ》は〝35号室〟の協力者でしたよ」

　朴《バク》が関根に洩《も》らした。

「わたしも彼女にのめり込んだ振りをして探《さぐ》りを入れてみたんだが、確証は得られなかったんだ。朴《バク》さんは、どんな裏付《ウラ》けを取ったんです？」

「順姫《スンヒ》は『砂の粒』のシンパを装って、報道写真家の向山逸郎の動きを探ってる節《ふし》があるんです。関根さんもご存じでしょうが、向山の娘の未来《みく》は北京大学に留学中に北の工作員に拉致されました」

「向山逸郎が脱北者たちを支援してるんで、独裁国は報道写真家のひとり娘を拉致したんだね？」

「ええ、そうです。将軍は側近を通じて、向山逸郎に日本円にして百億円の身代金を要求したという噂を耳にしてます。資産家の息子も親の遺産を報道写真の取材費に注っぎ込んで、いまは経済的に余裕がないようです」

「そうだろうね」

「百億円なんて途方もない身代金なんて、とても工面《くめん》できないでしょう。向山逸郎は人質に取られた娘を救出できないと絶望的になって、いつか未来《みく》が北に囚《とら》われていることを公にするかもしれません。だから、〝35号室〟は順姫《スンヒ》に向山逸郎の監視を命じたんでしょう」

「それだけじゃ、順姫《スンヒ》を北の工作員の手先と断定はできないな」

関根が言った。

「ええ、まあ。実はですね、もう一つ有力な情報があるんですよ」

「どんなことなんです？」

「順姫《スンヒ》に夢中だった駐日コロンビア大使館のリカルド・メンデス二等書記官のことは、関根さんもご存じですよね？」

「ああ、知ってますよ。リカルドは武官と一緒に精進湖の近くでレンタカーごと爆殺されたね」

「ええ。確証があるわけではありませんが、死んだ外交官は混合麻薬の〝パラダイス〟の密売に関わってたようなんです。その新麻薬の密造に将軍の側近がタッチしてたという情報は、わたしの耳に入ってたんですよ」

「ほんとですか⁉」

「ええ。順姫《スンヒ》が自分に惚《ほ》れてるリカルドを利用して、二等書記官の知り合いのペドロ・サントスというコロンビア人マフィアを〝パラダイス〟のダミーの卸し元に仕立てた疑いもあるんです」

「衝動殺人を誘発してる新麻薬は北朝鮮で密造され、コロンビア経由で日本に持ち込まれてるんだね？　密造は国内で？」

「北は、もう国内で麻薬の製造はしてませんよ。覚醒剤密造のことが世界のメディアで叩かれたんで、国外でドラッグをこっそり造らせてるんです。ブランド物のコピー品も中国、ベトナム、ミャンマーあたりで密造させてます。〝パラダイス〟もインドネシアで密造させ、それをいったんコロンビアに運んでるようです」

「そうなのか」

「爆死したリカルドは知人の同国人を使って、ダミーの卸し元から送られてくる新麻薬を関東桜仁会相馬組に流してたんですよ。しかし、組対の国際捜査担当の刑事が動きはじめたんで、リカルドは〝パラダイス〟の密売に関わりのある人間を武官のエミリアーノに始末させたようです。しかし、そのリカルドとエミリアーノも〝35号室〟の放った刺客に殺《や》られてしまったみたいですね」

「順姫《スンヒ》を締め上げれば、脱北者の中に紛《まぎ》れ込んでる北の工作員や協力者の名がわかるな。それから、〝パラダイス〟で日本の若者たちを麻薬汚染しているのが北朝鮮だということもね」

「いや、そこまで解明するのは難しいでしょう」

「どうして？　なぜなんです？」

「将軍はもちろん、側近たちも実に抜け目がないんですよ。おそらく悪知恵を働かせて、まったく関係のない黒幕を用意してるでしょうね」

「誰に罪をおっ被《かぶ》せるつもりなんです？」

「さあ、そこまではわかりません。関根さん、また新情報を近いうちに提供しますよ」

朴《パク》が関根から離れ、次の瞬間、関根が喉《のど》の奥で呻《うめ》いた。そのまま彼は膝から崩れた。朴《パク》がそう言い、関根の肩を抱いた。

右手の薬指に嵌《は》めたカマボコ型の指輪を回した。

「久世先輩！　朴《パク》の指輪に毒物が仕込んであったんじゃないんですか？」

「そうらしいな。朴《パク》の身柄《ガラ》を押さえよう」

久世は秋山に言って、遊歩道に飛び出した。

朴《パク》がぎょっとし、立ち竦《すく》んだ。久世は数日前に支給された新しいシグ・ザウエルP230Jをホルスターから引き抜き、スライドを滑らせた。

遊歩道に倒れた関根は何度か全身を痙攣《けいれん》させ、じきに絶命した。

「あんた、〝35号室〟の協力者なんだなっ。おれたちは警視庁の者だ」

「わたしは韓国から密航してきた男女を白山商事グループの食品工場や飲食店で働かさせてることを公安調査庁に知られ、関根のS《エス》になることを強要されたんだ。両親は北の出身だったが、独裁国家は大嫌いだった。だから、〝35号室〟の手先なんかじゃない」

「それにしては、北の情報や噂に精《くわ》しいな」

「さっき関根に話したことは、報道写真家の向山逸郎から聞いた話なんだ。向山は北の工作員に拉致された愛娘《まなむすめ》の未来《みく》の解放を条件に、〝パラダイス〟密造の首謀者役を引き受けたんだよ」

朴《パク》が早口で言った。

「話をつづけろ」

「わかった。向山は公調の関根と同じようにわたしの弱みをちらつかせて、順姫《スンヒ》を説き伏せ、リカルドに〝パラダイス〟のダミーの卸し元を見つけさせろと命じたんだよ。リカルドは順姫《スンヒ》の歓心《かんしん》を買いたくて、同じ町で育ったペドロ・サントスをダミーの卸し元にした。リカルド自身も外交官特権を悪用して、混合麻薬をせっせと日本に運んだ」

「インドネシアで〝パラダイス〟の密造を担《にな》ってる華僑の張一青《チャンイーチン》は北にどんな弱みを握られてるんだ？」

「張《チャン》の息子の東龍《トンロン》は、中国の吉林省延辺朝鮮族自治州出身の女性と結婚したんだ。東《トン》龍《ロン》の嫁さんは熱心なキリスト教徒で、中国に潜伏してる脱北者に何年もの間、生活必需品を支援してたんだよ。それで〝35号室〟の連中に目をつけられて、張《チャン》の息子夫婦は北の工作員に拉致されてしまったんだ。噂によると、張東龍《チャントンロン》は鉱山で重労働をさせられ、女房は軍幹部たちの慰《なぐさ》み者にされてるようだね。だから、〝パラダイス〟の密造を引き受けざるを得なかったんだろう」

「自分は、あんたの話を信じない。報道写真家の向山逸郎は娘の未来《みく》さんには深い愛情を持ってるだろうが、北の脅迫に屈《くっ》するような腰抜けじゃないよ」

秋山が口を挟み、朴《パク》を睨《にら》みつけた。

「おたくは、まだ独身だね？」

「それがどうだと言うんだっ」

「家族を持てば、向山逸郎の苦悩が理解できるようになるだろう。自分の血を分けた子供の命は何よりも重いんだ。愛娘を取り戻すためなら、父親はどんな見苦しいこともする気になるんだよ。主義主張や正義感なんて脆《もろ》いものさ」

「あんたは誰かを庇《かば》いたくて、向山逸郎を陥《おとしい》れようとしてるんじゃないのかっ。それから、尹順姫《ユンスンヒ》にも罪をなすりつけようと企《たくら》んでる気もするな」

「妙なことを言い出すね。何か確証でもあるのか？」

「確証はないよ」

「刑事が臆測や勘で物を言うのはよくないな」

朴《パク》が嘲笑した。秋山が気色《けしき》ばんだ。

久世は年下の相棒を手で制し、朴《パク》に顔を向けた。

「なんで公調の関根を毒殺する気になったんだ？」

「関根のＳ《エス》に成り下がった自分に耐えられなくなったからだよ。わたしは、事業家として、それなりに成功した。公調の一職員のイヌになりつづけるのは惨《みじ》めすぎる。だから、指輪に仕込ませた猛毒のクラーレを関根に注入してやったんだよ」

「殺人容疑で現行犯逮捕する。両手を前に出せ！」

「観念するか」

朴《パク》が呟き、いきなり前に跳《と》んだ。着地するなり、バックハンドで久世に殴りかかってきた。猛毒を仕込んである大振りの指輪が久世の顔面を掠《かす》めそうになった。

久世は後ろに退《さ》がって、秋山に目配せした。

秋山が素早く特殊警棒を腰から引き抜き、朴《パク》の肩口を叩いた。朴《パク》が呻いて、腰の位置を下げた。

数秒後、『ソウル』のオーナーは自分の口の中にカプセルをほうり込んだ。すぐに喉を掻《か》き毟《むし》り、地べたに倒れた。それきり動かなくなった。毒物を呷《あお》ったことは明らかだった。

「朴《パク》は、自分に決着《オトシマエ》をつけたんでしょう」

秋山が呟いた。

「そうだろうな。そっちは上野署に通報して、事情聴取に応じてくれ。おれは、順姫《スンヒ》のマンションに行ってみる」

「わかりました」

「後《あと》は頼む！」

久世は急ぎ足で上野公園を出て、マークXに乗り込んだ。赤色灯を屋根《ルーフ》に載《の》せ、代官山に向かう。

順姫《スンヒ》の住む『代官山ハイホーム』に着いたのは、およそ四十分後だった。久世は順《スン》姫《ヒ》がまだ部屋にいることを祈りながら、エレベーターで八階に上がった。

八〇二号室には電灯が点いていた。

久世はインターフォンを鳴らした。だが、なんの応答もなかった。ドアのノブに手を掛けると、抵抗もなく開いた。

「尹《ユン》さん、お邪魔しますよ」

久世は声をかけながら、室内に入った。靴を脱いで、玄関ホールを進む。

間取りは1LDKだった。居間のテレビの電源は入っていたが、部屋の主の姿は見当たらない。

久世は居間に接した洋室のドアを開けた。

ベッドの横に、若い女が倒れていた。俯《うつぶ》せだった。久世は屈《かが》み込んだ。

横たわっているのは、順姫《スンヒ》だった。その首には、エルメスのスカーフが二重に巻きついている。微動だにしない。

久世は順姫《スンヒ》の右手首を取った。

脈動は熄《や》んでいた。体の温《ぬく》もりも感じられなかった。絞殺されたのは、数時間前なのだろう。

立ち上がったとき、寝室の空気が揺らいだ。整髪料の残り香が鼻腔《びこう》に滑り込んだ。柑橘《かんきつ》系の匂いがした。何度も嗅《か》いだことのある香りだった。

一足遅かった。

久世は合掌し、寝室を出た。目で犯人の遺留品《いりゅうひん》を探していると、懐で私物の携帯電話が振動した。

久世は携帯電話を摑み出し、ディスプレイを見た。公衆電話と表示されている。

「誰なんだ？」

「向山逸郎だよ、報道写真家の。きみには以前、電話で忠告したはずだ。〝パラダイス〟の密売ルートを暴《あば》くなとな」

相手の声は、くぐもっていた。ボイス・チェンジャーを使っているのだろう。

「あんたが尹順姫《ユンスンヒ》を絞殺したのか？」

「想像に任せるよ。魚住由華のいる鎌倉の施設はセキュリティーシステムが甘いな。あれなら、きみの恋人をいつでも、また引っさらえるな。駐日コロンビア大使館付きのエミリアーノ武官は由華を〝パラダイス〟漬けにして、さんざん体を弄《もてあそ》んだようだが、今度は日本人の男に娯《たの》しませてやるか」

「由華に何かしたら、おれはおまえをぶっ殺す」

「現職刑事がそんな過激なことを口走ってもいいのかね。久世君、わたしは北京大学に留学中に北の工作員に拉致された娘の未来《みく》をなんとしてでも、救い出したいんだよ。だからね、不本意ながら、北の将軍の側近の言いなりになって、〝パラダイス〟の密造組織のボスの振りをしてるんだ。言うまでもないことだが、インドネシアでタイ人たちに混合麻薬を密造させてるのは〝35号室〟の責任者だよ」

「未来《みく》さんの生年月日を教えてくれ」

「急に何だね？　えーと、確か……」

「あんたは、偽の向山逸郎だな。ひとり娘の生年月日ぐらいは、父親はちゃんと憶《おぼ》えてるもんさ」

「わたしは、正真正銘の向山逸郎だ」

「もういいよ。やっぱり、偽物だ。あんたの正体は、ほぼ見当がついてる。そっちは長いこと、同じ整髪料を使ってるからな」

「えっ!?」

相手が狼狽《ろうばい》し、乱暴に電話を切った。

久世はほくそ笑《え》んで、終了キーを押した。一拍置いて、今度は刑事用携帯電話が着信した。発信者は早瀬課長だった。

「問い合わせの件だが、外事二課の村尾君の実弟が出張先のモンゴルで一年前に行方不明になってるね。弟は孝《たかし》という名で、大手商社のアジア課に勤務してたんだ。モンゴルには、ホワイトカシミヤの買い付けに出かけたんだが、投宿先のホテルの近くで三人組の東洋人に車に押し込まれて、どこかに連れ去られたらしいんだよ」

「その三人組は、おそらく北の工作員なんでしょう」

「それじゃ、村尾君の実弟は独裁国家に拉致されたままかもしれないんだね?」

「ええ、そうなんだと思います。村尾は弟の解放を条件に、〝パラダイス〟の密売ビジネスのボス役を引き受けた疑いが濃いんですよ」

「ま、まさか!?」

「残念ながら、心証はクロですね」

久世は疑惑点を挙げはじめた。

雨季《うき》のはずだが、快晴だった。

スコールに見舞われる心配はなさそうだ。

久世は、スカルノハッタ国際空港のターミナルビルを出た。インドネシアのジャワ島である。国際空港は、首都ジャカルタ市の中心部から二十キロほど西に位置している。

成田からの飛行時間は、およそ七時間だ。少し腰が重い感じだが、それほど苦にはならない。

朴《パク》と順姫《スンヒ》が死んだのは、四日前である。

その晩から、村尾の行方はわからない。自宅を空けたまま、職場にもなんの連絡もしていなかった。出国記録で、村尾が一昨日《おととい》の午前中にシンガポール行きの機に搭《とう》乗《じょう》したことが明らかになった。

久世は、村尾がいずれジャカルタ在住の張一青《チャンイーチン》の許《もと》に転がり込むと見当をつけた。それで、先回りする気になったわけだ。

時差は約二時間である。久世は腕時計の針を二時間分戻し、タクシー乗り場に並んだ。気温は二十七、八度ありそうだが、あまり暑く感じない。

久世は待つほどもなく、日本製のタクシーに乗り込んだ。

二十代と思われるタクシードライバーが、インドネシア語でにこやかに話しかけてきた。行き先を訊《き》いたのだろう。

「ジャカルタ市内にあるスラワー海運の本社ビルまで行ってほしいんだ。ビルは、スラバヤ通りにあると聞いてる」

久世は英語で言った。運転手がオーケーと答え、トヨタの車を発進させた。

市街地まで、一時間前後要《よう》する。運転手は上客と見たらしく、片言の英語で盛んに話しかけてくる。それが、うっとうしい。生返事をしているうちに、相手は口を閉じた。

一時間弱で、目的地に着いた。

久世はタクシーを待たせ、スラワー海運本社の受付に足を向けた。張《チャン》社長の知人を装い、面会を求めた。

「あいにく社長は、日本人のお客さまとご一緒にクルージングに出ているんですよ」

受付嬢が申し訳なさそうに言った。

「マリーナはどこなのかな？」

「ジャワ海に面したスンダ・クラバ港の端にヨットハーバーがあるんです。社長のクルーザーは、カリバタ号です」

「行ってみるよ。ありがとう」

久世は礼を言って、タクシーに戻った。

スンダ・クラバ港に向かう。マリーナに着いたのは二十数分後だった。

二万一千ルピアを払って、桟橋《さんばし》に向かう。夕陽がジャワ海を緋色《ひいろ》に染めている。幻想的な眺めだった。

桟橋には二十隻近い大型クルーザーが舫《もや》われていたが、カリバタ号は見当たらない。

久世はキャリーケースを枕にして、桟橋近くの岸壁に寝そべった。張《チャン》のクルーザーが桟橋に戻ったのは、夕闇が濃くなったころだった。

久世は、ゆっくりと立ち上がった。

軽装の村尾がクルーザーの甲板《デッキ》から桟橋に跳《と》び移り、大股で歩いてくる。久世はうつむき加減で桟橋を進んだ。

「久世じゃないか⁉」

村尾が絶句して、立ち止まった。

「なかなか手の込んだ芝居をうってくれたな。張一青《チャンイーチン》とつるんで〝パラダイス〟を密造して、ペドロ・サントスをダミーの卸し元にしてたなっ。しかも、黒幕は報道写真家の向山逸郎に見せかけようともした。北の工作員たちに拉致された弟の孝君を取り戻したかったんだろうが、将軍の側近や〝35号室〟の連中の言いなりになるなんて、情《なさ》けないな」

「逆だよ。おれと張《チャン》さんが相談して、新麻薬の密造で将軍の裏金を工面《くめん》するから、我々の身内を解放してくれって、側近に持ちかけたのさ」

「そうだったのか」

「おれは、なんとしても弟を救い出したかったんだ。張《チャン》さんも息子夫婦をな。おれは順姫《スンヒ》を葬《ほうむ》っただけで、後は殺し屋《プロ》が……」

「それにしても、たくさんの人間を虫けらみたいに次々に殺したもんだ。捜査を打ち切らせたくて、魚住由華まで拉致監禁させ、薬物中毒にした」

「おまえが最初の脅迫に屈しなかったからさ」

「心根《こころね》まで腐《くさ》っちまったんだな、村尾繁は。脱北者の順姫《スンヒ》をどうやって仲間に引きずり込んで、リカルドを抱き込ませたんだ？」

「おれは〝35号室〟と繋がってる人間だから、協力しなかったら、順姫《スンヒ》を工作員に殺《や》らせると脅したのさ。そしたら、彼女はおれの指示通りに動いてくれたよ」

「救いようのない悪党だな。しかし、もう年貢《ねんぐ》を納めろっ。警察学校で同じ釜の飯を喰《く》った間柄だから、取調室まで手錠《ワッパ》は打たない。一緒に東京に戻るんだ」

「そうはいかない」

村尾が白いコットンパンツのポケットから、ミニリボルバーを取り出した。アメリカ製のNAAモデルBWNミニマスターだ。二十二口径《こうけい》だが、輪胴《シリンダー》には五発装塡《そうてん》できる。久世は身構えたが、怯《おび》えには取り憑《つ》かれなかった。

村尾が撃鉄《ハンマー》を起こした。

そのとき、クルーザーの甲板から張《チャン》と思われる男が飛び降りた。サイレンサー・ピストルを握っていた。ロシア製のマカロフPbだ。

「張《チャン》さん、久世はおれに殺《や》らせてくれ」

「あんたにも死んでもらう」

張《チャン》が英語で言って、すぐに発砲した。

村尾が背中を撃たれて、前のめりに倒れた。

久世は身を屈《かが》め、村尾の手からミニリボルバーを奪い取った。

狙いを定めて張《チャン》の左脚を撃つ。張《チャン》がよろけ、桟橋から海に落ちた。

「久世、止《とど》めを刺してくれ」

村尾が苦しげに言った。

「どこまで身勝手な男なんだっ」

「頼むよ。生き恥を晒《さら》したくないんだよ」

「甘ったれるな。急所は外れてる。おまえにたっぷり生き恥をかかせてやるっ。早く立ちやがれ！」

久世はミニリボルバーを海中に投げ落とし、村尾を荒々しく摑み起こした。村尾が子供のように泣きはじめた。

だが、久世は何も言葉をかけなかった。

桟橋の入口付近に、野次馬が群れはじめた。マリーナの従業員たちだろう。

「おれは日本の刑事だ。誰か救急車、それから警察も呼んでくれないか」

久世は英語で叫んだ。

野次馬のひとりが携帯電話を耳に当てた。久世は村尾を歩かせはじめた。振り向くと、張《チャン》は桟橋のそばで立ち泳ぎしていた。

久世は、無性《むしょう》に由華の顔を見たくなった。帰国したら、その足で恋人に会いに行くつもりだ。

久世は村尾の片腕を摑んだまま、徐々に足を速《はや》めた。

この作品は２００７年2月祥伝社より刊行されました。
なお、本作品はフィクションであり実在の個人・団体などとは一切関係がありません。

徳間文庫

潜入刑事
覆面《ふくめん》捜《そう》査《さ》

2016年4月15日 初刷

著者 南《みなみ》英《ひで》男《お》

発行者 平野健一

東京都港区芝大門二—二—二〒105—8055

発行所 株式会社徳間書店

電話 編集〇三(五四〇三)四三四九
販売〇四八(四五一)五九六〇

振替 〇〇一四〇—〇—四四三九二

印刷 凸版印刷株式会社

製本 株式会社宮本製本所

ISBN978-4-19-894094-2 (乱丁、落丁本はお取りかえいたします)